소녀가 잃어버린 여덟 가지

# 소녀가 잃어버린 여덟 가지

야마다 에이미 지음
김난주 옮김

# 그게 다
# 운명이야

바다로 떨어질 운명을 지닌 자가
몸의 균형을 제대로 잡아 봐야 헛수고가 아닐까.

나는 혼자 힘으로 무언가를 하는 재능이 없다. 그것이 내 열등감을 빚고 있다. 그리고 나는 그 열등감을 인정하면서 오늘까지 살아왔다. 앞으로 한 걸음만 더, 하는 시점에서 나는 늘 모든 것을 포기하고 만다. 내게는 내 능력 이상으로 발휘할 수 있는 것이 하나도 없는 것이다.

이런 경험이 있다. 초등학생 때였다고 생각한다. 여름 방학이라고 바다에 가족여행을 갔던 것으로 기억한다. 낮에 바다에서 해수욕을 즐기고, 맛난 생선요리를 먹고, 바다 근처에 있는 여관에 묵었다. 아빠와 엄마와 여동생은 방에서 편히 쉬면서 햇볕에 탄 얼굴을 손질하고 있었다. 나는 혼자 해변으로 나갔다. 저녁 어둠에 바다 냄새가 더욱 짙었고,

한낮의 밝음은 흔적조차 드물었다. 공기도 이미 놀고 있지 않았다. 모래 역시 자신들 일에 바빠 나를 받아들일 관대함을 보여주지 않았다. 나는 멍하니, 색이 깊어지는 먼 바다를 바라보았다. 자연이 얼마나 거대한지, 어린 마음에도 경이롭다는 생각이 들었다. 자연은 인간이 지배할 수 있는 하찮은 것이 아니라는 생각에 나는 잠시 아연해졌다. 만약 이 바다를 지배할 수 있는 존재가 있다면 그것이야말로 신이 아닐까. 나는 그런 생각에, 무릎을 꿇고 싶은 심정이 간절해졌다.

하늘은 바다색을 닮아가고 있었다. 나는 자신도 어둠에 뒤섞여버리지 않을까 싶은 노파심에 걷기 시작했다. 마침내 제방에 도착했다. 어쩌면 방파제라고 해야 하는지도 모르겠지만, 그 시절의 나는 그런 지식이 없었다. 그곳만 하얀 선을 그어놓은 것처럼 떠 보였다. 나는 정해진 길로 걸어가야 한다는 생각에 제방으로 훌쩍 뛰어올랐다. 어둠이 밀려왔다. 멀리 있는 등대에도 불이 켜졌다. 나는 눈앞에 이어지는 하얀 선을 따라 걸었다. 제방의 중간쯤까지 걸었을까. 불현듯 정신을 차리고 보니 어느새 바닷물이 밀려들어와, 발치에서 파도가 부서졌다. 물방울이 때로 볼에 닿을 정도로 높이 튀어올랐다. 내 바로 밑에서 파도가 철썩거리고, 끝없는 바다가 저 멀리까지 뻗어 있었다. 나는 그것을 안 순간 손끝 하나 까딱할 수 없었다. 마치 파도가 내게 손 짓하는 것처럼 보였다.

침착해. 나는 자신에게 그렇게 말했다. 그냥 이대로 걸어 가면 돼. 지금까지 걸어온 것처럼 그냥 무심하게 걸어가면, 올라왔을 때 같은 계단이 있을 거야. 아니면 돌아가면 되고. 그럼 금방 이곳에서 해방될 수 있어. 반대쪽은 포장도 로였다. 조금 높기는 하지만 도로로 뛰어내리는 방법도 있다. 나는 열심히 머리를 굴렸다. 그런데 어찌된 일일까. 나는 한 걸음도 움직일 수 없었다. 앞으로도 뒤로도. 나는 그 때 난생 처음, 눈에 보이지 않는 어떤 것에 조종되고 있는 자신을 느꼈다.

귀신에 홀린 것처럼 꼼짝 못하고 서 있는 내 주위에서 시 간은 가차없이 흘러갔다. 바닷물이 점점 더 밀려들어와, 부 서지는 파도가 볼을 적실 정도였다. 나는 콘크리트를 핥듯 이 밀려오는 파도를 보고, 반대쪽 도로로 눈길을 돌렸다. 그리고 양쪽을 의식하지 않으려 애쓰면서 앞을 보았다. 나 는 길쭉한 막대기 위를 걷고 있는 것이 아니다. 너비가 충 분한 콘크리트 위를 걷고 있다. 그냥 앞으로 가면 된다.

그런데 또 어찌된 일일까. 몸이 균형을 잃으면서 기우뚱 흔들렸다. 자세를 바로 고치는 것은 간단한 일이었다. 나는 몸이 흔들리는 것을 느끼면서 비틀비틀 두세 걸음 앞으로 나아갔다. 무사하다. 나는 미소를 지으려 했다. 그 순간이었다. 나는 바다로 떨어질 운명이 아닐까, 그런 생각을 하고 말았다. 바다로 떨어질 운명을 지닌 자가 몸의 균형을 제대로 잡아 봐야 헛수고가 아닐까. 그렇게 생각하며 아래를 보자, 파도가 나를 부르는 듯한 기분이 들었다. 물속에서 손이 나와 내게 어서 오라고 손짓하고 있는 느낌마저 들었다. 아아, 이제 끝이야. 나는 그렇게 생각하고 아무런 저항도 하지 않은 채 바다 속으로 떨어졌다.

철썩거리는 파도소리와 하얀 거품에 정신이 팔려 나는 한동안, 그저 멍했다. 뭐가 어떻게 된 것인지 알 수 없었다. 죽었는지 살아 있는지도 알 수 없었다. 떨어지는 순간, 파도에 대한 공포는 말끔히 지워지고 없었다. 나는 물위에 고개를 내밀고 잠시 떠 있었다. 그러자 위에서 외치는 소리가 들렸다.

"괜찮니!!"

소리가 들리는 쪽을 올려다보자, 제방 위에서 어떤 남녀가 나를 내려다보고 있었다.

"괜찮아?"

남자가 내 쪽으로 손을 내밀며 물었다.

"네, 괜찮아요."

"이런 시간에 바다에 뛰어들어 놀다니, 대체 무슨 생각이냐?"

"놀고 있는 건 아닌데."

"파도가 밀려나가면 일어서."

나는 그가 하라는 대로 했다. 파도가 일렁거려서 잘 몰랐
는데, 정말 서서 보니까 물이 내 허리 정도밖에 오지 않았
다. 나는 파도가 다시 밀려오기 전에 남자의 손을 잡고 제
방으로 기어올라갔다.

"하마터면 큰일 날 뻔했다, 얘야. 엄마 아빠는 어디 묵고
계시니?"

나는 여관의 이름을 말했다. 그들은 나를 그 여관까지 데
려다주었다. 가는 내내 그들은 나를 혼냈지만, 나는 그렇게
금방 끌어올려진 것이 신기해서 견딜 수가 없었다. 바다가
나를 불렀는데.

아빠는 마구 화를 내고, 엄마는 기가 차다는 얼굴로 내
젖은 옷을 벗겼다. 물론 나는 조금도 반성하지 않았다. 엄
마 아빠는 한숨을 내쉬었다.

"너 정말, 그 사람들이 살려주지 않았으면 익사했을지도
모른다고. 저녁에 바다에 뛰어들다니, 대체 제정신이냐?"

"뛰어든 거 아니야, 그냥 떨어진 거지."

"거짓말 마. 너 휘청휘청 걸어가더니 아주 자연스럽게 바
다로 뛰어들었다면서. 그 사람들이 그러더라."

"그러니까, 난 그럴 운명이었다고."

엄마가 낮은 비명을 질렀다. 나와 아빠는 놀라서 그녀 쪽을 보았다. 엄마는 거의 울먹거리면서 말했다.

"설마, 설마, 너, 자살할 생각은 아니었겠지?"

아빠가 어리둥절한 표정으로 나를 보았다. 나는 벌어진 입을 다물 수가 없었다. 어떻게 그런 말을. 자살이란 자신이 자신을 죽이는 일이 아닌가. 그렇게 큰 에너지가 필요한 일을 내가 할 수 있다고 생각하는가. 자신을 죽이는 것은 능동적인 힘을 필요 이상 발휘하는 일이다. 순발력이 필요하다. 그리고 그 힘을 폭발시키기 위해서는, 내게는 전혀 없는 혼자서 하는 힘이 필요하지 않은가.

"엄마, 나 자살하려던 거 아니야. 바다로 떨어진 건 그냥 운명이었어. 나는 운명을 거스르지 않는 주의잖아."

엄마와 아빠는 무슨 못 볼 것이라도 본 표정으로 얼굴을 마주 보았다.

그 사건이 계기였다. 나는 어린 나이에 운명론자가 되고 만 것이다. 열심히만 하면 꿈을 이룰 수 있다는 일반론을, 나는 일찌감치 버렸다. 이런 나의 생각은 하나의 신념이었지만, 다른 사람들은 그렇게 생각지 않았기 때문에 상당한 부담을 안고 학교생활을 하게 되었다. 나의 운명론이 선생들에게는 통하지 않았다. 그들은 나를 어떻게든 되겠지 식의 반항정신을 지닌 위험한 학생으로 취급했다.

예를 들면 나는 툭하면 철봉에서 떨어졌다. 땅이 나를 부르는 것 같다고 생각하는 순간, 내 손이 스르륵 미끄러지면서 정말 떨어지는 것이다. 왜인지는 알 수 없다. 물론 놀란 선생님은 헐레벌떡 내게로 뛰어온다. 그러고는 신기하게도 그 자리에 그냥 쭈그리고 앉아 있는 나를 보고는 버럭 화를 낸다. 다행히 나는 몇 번을 떨어져도 한 번도 다치지 않았다. 그래서 더욱 그들은 나를 불길한 존재로 여겼다.

중간고사를 치르느라 긴장된 분위기 속에서도 그 점은 별다르지 않았다. 나는 부지런히 문제를 풀 마음이 없어, 시간이 끝날 때까지 다 못 푸는 경우도 많았다. 나는 인간이 시간을 조종하는 것은 불손하기 짝이 없는 일이라고 생각하는 탓에 천천히 느긋하게 문제를 풀었다. 그런데 그렇게 푼 답이 전부 맞으니까, 선생들은 더더욱 화가 치민다. 뒤에 있는 문제는 일부러 풀지 않은 것이라고 생각하는 모양이었다. 그럴 리가. 마지막 문제까지 답을 쓰지 못하는 것은 나의 재능이다. 재능 이상을 요구하는 것은 억지다.

현대국어 선생님도 나를 벌레 보듯 했다. 첫 시험에 아쿠타가와 류노스케의 「거미줄」을 예문으로 내는 사람이 잘못이다. 나는 그 소설에 푹 빠져 답안지를 백지로 내고 말았다. 고전 시험을 어쩌다 백 점을 받은 것도 재난이었다. 시험이 끝난 후, 선생님이 나를 교무실로 불렀다.

"대체 무슨 생각이니 너, 응?"

"네?"

"네가 뭐야? 너 선생님을 바보 취급하는 거니?"

"그럴 리가요."

"그럼 고전에서 백 점 받는 녀석이 왜 현대국어에서는 빵점을 받았는지, 설명 좀 해볼래!!"

"고전은 따분하니까요."

"뭐라고?"

"그에 비하면 현대국어 시험 문제, 끝내줬어요. 고전은 따분해서 그냥 문제를 풀었더니 금방 끝났는데, 현대국어는 「거미줄」에 대해서 생각하느라고."

"어떤 식으로 무슨 생각을 했는지 말해봐!!!"

그 여선생은 얼굴이 시뻘겋게 되도록 열을 올리며 마구 악을 써댔다. 나는 금방이라도 쓰러질 듯한 그녀를 배려해서, 조그만 목소리로 대답했다.

"어……, 그러니까 죄인들이 왜 그렇게 필사적으로 거미줄을 잡았을까 이상했고, 그런 이상한 일을 하려는 죄인이 그렇게 많은 것도 이해할 수 없었고. 죄인으로서의 운명을 전혀 받아들이고 있지 않다는 생각도 들었고. 보통은 거미줄이 금방 끊어진다는 거, 예측할 수 있잖아요. 자신이 아무 말도 않고 위로 올라갈 수 있는 사람이 아니라는 거 알잖아요."

"나가서 서 있어!!!"

나는 한 시간이나 복도에 서 있었다. 복도를 지나가던 반 아이들이 나를 보고는 키들키들 웃었다. 쉬는 시간이 끝나자 아무도 없는 조용한 복도에서 나는 마음껏 생각에 잠길 수 있었다. 5월이었다. 밖에서 불어오는 바람이 기분 좋게 내 볼을 쓰다듬었다. 나는 학교 건물에 담겨 있는 자신에게 야릇한 만족감을 느꼈다.

그날 밤, 저녁을 먹으면서 나는 아빠에게 말했다.

"아빠, 우리 인생에 대해서 얘기 좀 해보자."

식구들이 헉 하면서, 먹고 마시던 것을 입에서 뿜어냈다.

"그래, 같이 하고 싶은 얘기가 있니?"

아빠가 말했다. 나는 아빠에게 현대국어 시험을 빵점 받았다고 말했다. 엄마는 충격에 밥공기를 떨어뜨렸다. 나는 무시하고, 어렸을 때부터 줄곧 생각해온 운명이란 것에 관해 얘기하기 시작했다. 엄마는 갑자기 속이 안 좋다면서 2층으로 올라가버렸지만, 아빠는 흥미롭다는 듯 나를 쳐다보았다.

"답안지를 백지로 낸 걸, 운명 탓으로 돌리면 안 되지."

"탓이 아니고, 결과적으로 그렇게 된걸 뭐. 그래서 나, 도서관에 가서 아쿠타가와 류노스케 책 빌려서 단편 몇 개를 읽어봤는데, 운명의 레일에서 벗어날 만큼 순발력을 발휘하는 사람들이 많이 등장하고 재밌더라. 나와는 좀 다르지만."

"순발력을 발휘하게 하는 게 바로 운명의 에너지라고 생각하지 않는 게 이상하구나."

아빠는 그렇게 말하고 미소 지었다. 아빠가 나는 생각지도 못한 말을 해서, 조금 놀랐다.

"그런가? 음. 그래도 그렇게 능동적으로 힘을 발휘하는 거, 내 생각에는 좀 천박한 거 같은데. 그건 운명이 아니라 욕망의 에너지잖아?"

"그럼 너는 욕망의 에너지가 운명의 방향을 바꿀 수도 있다는 건 어떻게 생각하니?"

"그런 일이 있을 수 있을까?"

"있고말고. 두자춘이 외쳤던 '어머니'<sup>●</sup>란 말을 어떻게 생각하니?"

"음, 글쎄."

그때, 거실에서 텔레비전을 보고 있던 여동생이 소리를

---

● 아쿠타가와 류노스케의 단편 「두자춘」의 주인공 두자춘은 갖가지 유혹에도 말해서는 안 되는 시험을 받다가 어머니의 목소리를 내는 말(馬) 앞에서 더는 참지 못하고 '어머니'라고 외쳤다.

질렀다.

"언니, 선생님이 굉장히 이상하다고 그러더라. 나 창피하게 좀 하지 마."

"시끄럽다, 너."

"언니는 더 시끄러워."

"그런 시시껄렁한 거 보지 말고 빨리 숙제나 하시지 그래?"

"언니야말로 그런 시시껄렁한 얘기 하지 말고 빨리 목욕이나 하시지."

"내가 만약 목욕하다가 물에 빠져 죽으면 너 평생 후회할 거다."

"숙제 때문에 노이로제 걸리면 언니야말로 평생 후회할 거야."

"전혀. 너의 그런 운명과 나는 아무 상관없으니까."

동생이 훌쩍훌쩍 울어서, 나와 아빠의 '인생에 관한 얘기'는 도중에 끝나고 말았다. 다음 날 아침, 엄마가 나를 어쩌다 잘못 키워서 저렇게 된 것일까 하고 아빠에게 푸념하는 소리를 듣고서 나는 귀찮은 일을 피하려 아침도 먹지 않고 학교로 갔다.

중학교와 고등학교를 다니면서 나는 그런 이유로 줄곧 별난 애라는 소리를 들으며 성장했다. 체육 시간이면 여전히 평균대에서 아주 자연스럽게 떨어지고, 지각을 해도 뛰지 않고 걸어서 교실에 들어가 빈정거림을 샀다. 하지만 그렇다고 무뚝뚝한 성격은 아니어서 친구가 없지는 않았다. 나는 베스트프렌드라 할 수 있는 여자친구들, 또는 남자친구들을 조금씩 늘려가면서 그런대로 괜찮은 나날을 보냈다. 나는 그들에게 절대 내 생각을 강요하지 않았고, 그들 역시 마찬가지였다. 그들은 운명이란 말도 운운하지 않았고, 그런 생각도 하지 않았겠지만 살아가는 자세는 비슷했다. 요컨대 우리는 자신의 힘으로 뭘 하고자 하지 않는 인종이었다.

모두들 느긋하게 살았다. 나는 변함없이 구르고 넘어지고 떨어졌다. 이런저런 실수도 했다. 하지만 허둥대지 않았다. 헛된 발버둥은 치지 않았다.

화창한 어느 날 아침에 문득 나를 부르는 소리가 들린 듯해서, 학교에 가다 말고 다른 전철로 바꿔 탄 일이 있었다. 나는 낯선 역에 내려 벤치에 멍하게 앉아 있는 것을 좋아했다. 한두 시간 지나면 일어나 학교에 간다. 선생은 지각한 나를 또 혼낸다. 지각한 이유를 물으면, 나는 그래야만 했기 때문이라고 대답한다. 반 아이들이 또 까르르 웃는다. 선생은 점점 더 화를 낸다. 나는 할 수 없이 죄송합니다, 라고 큰 소리로 외친다. 지각 안 할게요. 정말 안 할게요, 오늘 중에는. 아이들이 키들키들 웃는다. 나는 본의 아니게 인기를 끌게 된 자신을 깨닫는다. 골치가 아프다.

"그러니까 다들 너를, 따끈따끈하다고 생각한다니까."

가장 친한 친구 교코가 정말 이상하다는 듯이 내게 말했다.

"따끈따끈해, 내가?"

"그래. 나도 간혹 그런 착각이 들 정도라니까. 다들 부러워한다고. 너의 어떤 것에도 구애받지 않는 그 태도를."

"그런 건 아닌데."

나는 난감한 표정으로 교코를 보았다. 나는 다만 운명을 거스르지 않을 뿐이다. 막연하게 위기감이 느껴지면 이내 스스로 선택하기를 포기하고 흐름에 몸을 맡길 뿐이다. 굳이 누구에게 반항하고 싶은 마음도, 속박에서 벗어나고 싶은 마음도 없다. 나는 남들보다 그냥 멈춰 서 있는 시간이 많을 뿐이다. 그런 때면 내가 운명이라 여기는 것이 눈앞을 가로막고 있다. 나는 그것을 느낄 수 있다. 그러면 나는 뱀에게 걸린 개구리처럼 꼼짝달싹 못한다. 그래 그래, 알았어, 란 식으로 두 손을 올리고 항복한다.

나는 지금도 가끔, 제방에서 떨어졌던 그때를 떠올린다. 그 하얗고 긴 콘크리트 길 좌우로 세계는 둘로 나뉘어 있었다. 바다 쪽은 그때의 내게 운명이었고, 도로 쪽은 나와는 전혀 무관한 세계였다. 나는 그 순간, 바다 쪽에 선택되었다. 그리고 그 직후에 쫓겨났다. 일상에는 그와 비슷한 일이 늘 가로놓여 있고, 인간은 선택되기를 기다린다.

"운명이란 말이지."

교코는 방에서 담배를 피우며 내 얘기에 귀를 기울였다.

"그러니까, 그걸 거스르려고 분투하는 사람들을 보면 와, 정말 대단하다 싶다니까."

"그런 순수한 놀람이 너를 따끈따끈하게 보이게 한다고."

"그런가."

"그래. 누가 날 따끈따끈한 인간이라고 하겠어? 난 너하고 달라서, 그저 자포자기한 거지."

"무슨 일 있었어?"

나는 또 담배에 불을 붙이고 경박스럽게 연기를 뿜어내는 그녀를 이상하다는 듯이 쳐다보았다.

"나 지금 어떤 남자에게 푹 빠져 있어."

교코가 그런 말을 툭 내뱉었다. 나는 눈을 동그랗게 뜨고, 흥미롭게 그녀를 보았다.

"와우, 좋은 일이잖아. 그런데 왜 자포자기가 되는데?"

"부인도 있고, 자식까지 있는 사람이니까 그렇지."

"야, 그건 안 되지."

"그걸 왜 모르겠어. 아니까 화가 나는 거지. 왜 그런 남자를 좋아하게 되었는지 말이야. 내가 미쳤지. 너 이런 걸 운명이라고 하면, 나 화낼 거다. 남녀 사이란 말이지, 그런 허접한 말로 납득할 수 있는 게 아니니까 말이야."

"너 말이 좀 심한 거 아니니?"

교코의 강한 말투에 화가 치밀어 그렇게 말하자, 그녀가 갑자기 울음을 터뜨렸다.

"야, 왜 울어? 울지 마."

"분해서 그래. 왜 더 빨리 태어나지 못했을까. 그럼 나, 그 여자보다 먼저 그 사람 아이를 낳을 수 있었을 텐데."

"너 설마, 임신한 거야?"

교코는 나의 조심스러운 질문에 고개를 끄덕였다. 그녀는 한바탕 눈물을 흘리더니 쓱쓱 눈을 닦고서, 잠시 엄지손톱을 깨물었다. 나는 내가 전혀 모르는 세계에 발을 들여놓고 갑자기 어른스러워진 친구를 멍하니 쳐다보았다.

"그 사람은 알아?"

"어제 말했어."

"뭐래?"

"설마 낳으라고 할 리는 없잖아. 나 지금, 그 사람을 미워하는 건지 사랑하는 건지도 잘 모르겠어. 생각하면 분통이 터지면서 아무 생각도 할 수 없어져. 나는 이 꼴을 하고 있는데, 그 사람은 집에서 밥 지어 놓고 기다리는 사람이 있 잖아. 보란 듯이 자살이나 해버릴까 하는 생각도 들고."

"뭐? 자살?"

"말이 그렇다는 거지 뭐. 너 같으면 어쩔래? 이것도 운명 이라 여기고 포기할 거니?"

"모르겠다. 하지만 자살은 안 돼. 절대, 절대 안 돼. 그런 생각도 하면 안 돼, 교코. 그리고 죽는다는 거, 굉장한 일이 야. 파워가 필요하다고."

"바보 같기는. 죽는 것보다 더 파워가 필요한 게 남녀 관 계야."

나는 할 말을 잃고 그녀를 쳐다보는 수밖에 없었다. 그녀 는 몸부림치고 있었다. 내게는 그렇게 느껴졌다. 그녀는 자 신을 집어삼키려는 소용돌이에 어떻게든 대처해보려고 필 사적으로 버둥대고 있다. 거기에는 멈춰 설 여유도 흐름에 몸을 맡길 침착함도 없었다.

교코는 잠시 두 손으로 얼굴을 덮고는 말이 없었다. 나는 그녀의 등을 어루만져주면서 물었다.

"교코, 괜찮니?"

"괜찮아. 하지만 이제 한계다. 미안해, 너에게 이런 얘기 해서."

교코는 억지로 웃으면서 일어섰다.

"갈게. 집에 가서 머리 좀 식혀야겠다."

나는 불안한 나머지 숨이 막혀 가슴을 눌렀다. 문을 열고 방을 나서는 그녀를 나도 모르게 붙잡으려 했지만, 말이 나오지 않았다. 그녀는 그때, 이미 저쪽으로 건너간 사람처럼 보였다.

다음 날부터 교코는 학교에 오지 않았다. 나는 가슴이 두근거렸지만, 그녀가 몸이 아파서 병원에 입원했다는 담임 선생님의 말에 일단은 안심했다. 나중에 교코의 엄마에게 전화를 걸어보자고 생각했다.

쉬는 시간에, 나와 교코와 친한 아이들이 내게 다가와 귀띔을 해주었다.

"너 아니? 교코, 자살하려고 했다나 봐."

"정말?"

"응. 너도 알고 있었지? 걔, 처자식 있는 남자하고 사귀는 거."

"그래서, 괜찮대, 교코?"

"죽지는 않았지만, 걔네 집이 뒤집어졌지. 병문안 가자. 난 수술하고 쉬는 줄로만 알았는데, 자살을 하려고 했다니. 기가 막히다."

나는 다리가 부들부들 떨려 도무지 수업을 받을 수가 없었다. 마지막 수업이 끝날 때까지 거의 제정신이 아니었다.

수업 도중에 아아, 하면서 책상에 엎드리고 혀를 차고 하는 바람에 또 반 아이들의 웃음거리가 되었지만 그런 것은 아무래도 상관없는 일이었다.

나는 마음속으로 몇 번이나 교코가 그 제방을 걸어가는 장면을 그렸다. 그녀는 밀려오는 파도에 어쩔 줄을 몰라하며 마냥 서 있다. 그날의 나처럼. 하지만 나처럼, 아무 주저 없이 떨어지지는 않는다. 스스로 바다로 뛰어들었다. 그리고 누군가 그녀를 끌어올린다. 그녀는 이런 게 아니었는데, 하는 표정으로 매달려 있다. 아아.

"야, 너 뭐야. 아까부터 한숨 쉬고 중얼거리고. 공부할 마음 없으면 나가도 좋아."

선생님의 목소리에 튕겨 오르듯 펄떡 일어섰다.

"괜찮나요? 감사합니다."

나는 어처구니없어하는 선생님과 웃음을 참고 있는 반 아이들을 뒤로하고 교실에서 뛰쳐나왔다.

병실 문을 두드리자, 교코의 엄마가 창백한 얼굴로 문을 열어주었다. 엄마의 어깨 너머로, 잡지를 읽고 있던 교코가 놀란 듯이 나를 보았다.

"엄마, 나 괜찮으니까 잠시 나가 있어줄래?"

교코의 엄마가 고개를 끄덕거리며 문을 닫았다. 나는 우리 둘이 남는 순간 이제까지 참았던 눈물을 뚝뚝 흘렸다.

"울지 마. 미안해, 못할 짓 해서. 상처는 별거 아닌데, 아기는 유산되고 말았어."

내가 울자 난감한지 교코는 밝은 표정을 가장하며 그렇게 말했다.

"왜 그런 짓을 한 거야? 왜 굳이 자기를 아프게 하냐고. 바보. 그럴 에너지가 있으면 사는 데 써야지."

"그러고 있어."

"뭐?"

"손목을 긋는 순간에, 아차 싶었어. 그리고 엄마하고 아빠가 난리 치는 거 보고는 죽는 것보다 차라리 사는 게 더 쉽다는 생각이 들었는걸 뭐. 그런데 지금 그 말, 네 입에서 나온 말 같지 않다. 사는 데다 에너지를 쓰라니, 하하하."

나는 기가 막혀 교코를 보았다. 그녀는 웃으면서 울고 있었지만, 나는 이제 눈물을 흘릴 마음이 없었다.

"화내지 마. 나, 이만큼 파워 사용한 적 지금까지 한 번도 없었어. 난생 처음 내 힘으로 한 일이, 자신을 죽이려고 한 거였다니. 하지만, 운명이란 거 정말 있나 봐. 그리고 아주 작은 에너지로 그 방향을 틀 수 있다는 것도 알았어. 네가 바다에 떨어졌다는 그 얘기, 잘 기억하고 있어. 떨어질 운명은 정해져 있지. 하지만 바다 쪽으로 떨어질지 도로 쪽으로 떨어질지는 본인의 힘으로 정할 수 있어. 그러니까, 알겠어? 그게 산다는 거야."

교코는 한없이 웃었다. 나는 뭐라 말을 못하고 그녀를 보았다. 아무튼 그녀는 좋은 방향으로 균형을 잃은 셈이다. 나는 안심하면서도 맥이 빠져, 더는 어쩔 줄을 모르고 입술을 일그러뜨리고 있었다. 그러고 보니까, 학교에서 병원으로 올 때 정신없이 뛰었다. 나 같은 인간도 막상 닥치면 뛴다는 뜻이다. 아아.

저녁때까지 병실에서 교코와 함께 지낸 후, 여기저기 기웃거리며 시간을 보내고 집으로 돌아갔다. 식구들은 저녁을 먹고 있었다. 내가 부루퉁한 표정으로 부엌에 들어서자, 모두 나를 돌아보았다.

"얘는 늦으면 늦는다고 전화를 해야지."

"알겠어."

"언니한테는 무슨 말을 해도 소용없어. 이상한 사람이니까."

"시끄러워."

"말투가 왜 그러니, 너."

아빠가 나를 보며 눈으로 물었다. 나는 오랜만에 아빠에게 이렇게 제안했다.

"아빠, 우리 인생에 대해서 얘기 좀 해요."

엄마와 동생은 밥을 먹다 말고 킥킥거렸지만, 아빠는 또 흥미롭다는 듯 눈을 찡그리며 말했다.

"뭐야, 또 운명이냐."

나는 한숨을 쉬고서 입술을 쑥 내밀었다.

"아니, 그게 아니고."

# 병아리가
# 죽던 날

"글쎄, 너 좀 이상한 녀석이잖아, 내 눈을 보면
그리운 느낌이 든다느니 하면서 말이야, 지금도 그러니?"

그 남자아이의 눈을 보았을 때 왜 그렇게 그리운 느낌에 휩싸였는지, 그 감정이 어떤 기억에서 유래하는 것인지 순간적으로 떠오르지 않았다. 나는 그때 겨우 중학교 3학년이었고, 그 나이에 그리워할 만한 것은 하나도 없는 듯했다. 그랬기에, 애틋한 감정이 안개처럼 자욱하게 가슴을 뒤덮고 마음을 촉촉하게 적시자 매우 놀랐고, 그리고 혼란스러웠다.

그 아이, 아이자와 미키오는 교단에 서서 해맑은 눈으로 교실을 내려다보았다. 우리는 호기심에 넘치는 표정으로 그 전학생을 쳐다보면서 수군덕거렸지만, 그는 손가락 하나 까딱하지 않은 채 담임선생님이 자신을 소개하는 말을 들고 있었다.

"……그렇게 돼서, 아이자와 미키오 군은 너희들과 같은 교실에서 공부하게 되었다. 졸업할 때까지 얼마 되지 않는 기간이지만 사이좋게 지내도록 해라. 자, 미키오, 너도 한마디 하거라."

선생님이 재촉하듯 그를 보았다. 그런데 그는 그저 우뚝서 있기만 할 뿐이었다. 너무 긴장해서 쫄았나, 하고 나는 고개를 들고 그의 얼굴을 보았다. 하지만 그는 침착했다. 그리고 그 해맑은 눈을 동그랗게 뜨고 뭔가를 보고 있는 듯했다. 뭘 보고 있는지는 알 수 없었다. 나는 그가 공기 중에 있으나 그에게만 보이는 것을 보고 있는 것처럼 느껴졌다. 그는 선생님의 말 따위는 안중에도 없다는 것을 우리들이 알아챌 만큼 생각이 다른 곳에 가 있었다.

선생님은 얼굴을 붉히고 헛기침을 했다.

"어이, 미키오. 듣고 있는 거냐?"

그는 퍼뜩 정신을 차린 듯 떨떠름한 표정으로 선생님을 돌아보았다.

"인사 한 마디 정도는 해야지."

그는 어깨를 으쓱하더니 고개를 숙였다. 우리는 모두 웃음을 터뜨렸다. 나이는 같은데 별나게 초연한 태도가 우스웠던 것이다. 우리는 거의 모두가 담임선생님을 싫어했기 때문에 그 같은 태도는 오히려 우리를 만족시켰다. 그가 교실 제일 뒤쪽에 마련된 자리로 걸어갈 때, 우리들은 서로 눈짓을 주고받았다. 이렇게 미키오는 우리 반의 일원이 되었다.

미키오는 나서서 다른 아이들과 적극적으로 대화를 나누려 하지 않았지만, 세상사를 훌쩍 떠난 듯한 그 태도는 우리의 주의를 끌기에 충분했다. 쉬는 시간이 되자 남학생 몇 명이 그의 주위로 몰려가 질문공세를 펼쳤다. 그리고 여학생들은 약간 떨어진 곳에서 그들의 대화에 쫑긋 귀를 세웠다. 모두들 때 아닌 시기에 전학 온 그의 비밀을 알고 싶어했다. 하지만 미키오는 말을 골라가며 개인적인 사정은 교묘하게 피해 대화에 응했다. 때문에 우리는 그가 지난번 학교에서 어떻게 지냈는지는 조금밖에 알 수 없었다.

"꽤 괜찮지 않니, 미키오?"

"그래, 어른스럽지?"

나와 친한 여자애들은 입을 모아 그렇게 소곤거렸다. 전학생은 어차피 늘 보는 남학생들보다 멋있게 보인다. 나는 그렇게 생각했다. 나는 오히려 그의 눈을 봤을 때의 그 그리운 감정에 대해서 생각하고 있었다. 처음 만나는 사람에게서 어떻게 그런 감정을 느낄 수 있는지 정말 궁금했다. 내 안에 고여 있는 변변치 않은 기억을 더듬어보았지만 해결되지 않았다. 마치 풀리지 않는 문제 하나 때문에 끙끙거리는 기분이었다.

그날 이후로 나는 조금은 답답하고 짜증스러운 기분으로 하루하루를 보냈다. 나는 수업 중이거나 쉬는 시간, 아무튼 학교에 있을 때는 거의 늘 미키오를 훔쳐보았다. 물론 전학생인 그는 같은 반 아이들의 주목을 모았지만, 나는 호기심 때문에 그를 훔쳐보는 것이 아니었다. 나는 어떻게든 마음속의 답답함을 없애고 싶었다. 뭔가 생각해내야 하는데 생각나지 않는 것만큼 답답한 일도 없다. 나는 때로는 이를 빠드득 갈고 싶은 심정으로 미키오를 쳐다보았다.

그는 늘 다른 곳에 있는 사람 같았다. 다른 곳이란 표현은 옳지 않은지도 모르겠다. 그의 눈동자는 늘 진지하게 뭔가를 쳐다보고 있었으니까. 하지만 그 뭔가는 실제로 존재하는 것이 아닌 듯했다. 공기 중에 그에게만 중요한 무언가가 떠 있는 것처럼 그는 늘 한 점을 응시하고 있었다. 그는 대체 뭘 보고 있는 것일까. 나는 때로 그의 시선이 닿는 곳에 나 자신의 시선을 맞춰보기도 했지만, 물론 내 눈에는 아무것도 보이지 않았다. 한 번 깜박거리지도 않는 그의 눈에는 늘 얇은 눈물의 막이 쳐져 있다. 나는 그런 그의 눈을 보고 늘 의구심을 품었다. 그가 뭔가에 심각하게 매달려 있는 것만은 분명한데.

"아키, 뭐 하나 물어봐도 돼?"

어느 날, 친구인 하루코가 대놓고 물어보기가 민망하다는 듯 물었다.

"뭔데?"

"이거 다들 그렇게 말하니까 하는 소린데, 너 혹시 미키오 좋아하는 거 아니니?"

뜨끔 놀란 나는 엉겁결에 손가락으로 내 가슴을 가리켰다.

"내가? 내가 왜?"

"그냥, 다들 네가 미키오를 늘 멍하게 쳐다본다고 하니까."

"그럴 리가……."

나는 난감해서 어쩔 줄 모르는 표정을 하고, 뭐라 말하면 좋을지 몰라 아연해 있었다. 내가 그를 쳐다보는 것은 사실이지만, 그에게 마음이 혹했다느니 그런 달콤한 이유에서가 아니었다.

"그런 건 아닌데. 그런데 너희들에게는 그렇게 보여?"

"응, 그렇게 보여."

"진짜 난감하다."

나는 그 본의 아닌 소문을 불식시키기 위해 당분간은 그를 쳐다보지 않기로 했다. 그러자 오히려 내 몸짓이 어색해

저 나 자신도 느낄 수 있을 만큼 식은땀이 났다. 미키오를 알게 된 지 몇 주가 지나는 사이에, 나는 그를 훔쳐보는 버릇이 생겼다는 것을 알았다.

수업 중에 선생님이 미키오를 지명하면, 반 아이들은 미키오가 아니라 나를 쳐다보았다. 나는 웃음을 참고 있는 그들의 기척을 등으로 느낄 수 있었다. 나는 그들의 짐작이 틀렸다는 것을 알리기 위해 평정을 가장하지만, 그러면 그럴수록 얼굴이 붉어지고 이마에는 식은땀이 돋았다. 나는 울고 싶은 심정이었다. 어쩌다 이렇게 된 거지. 나는 자신의 무방비함에 어처구니가 없었다. 입시를 앞둔 학생들에게 남녀간의 이런 소문은 아주 손쉬운 기분전환의 방편이다.

가을의 학교 축제를 앞두고 방과 후에 반 아이들끼리 회의를 할 때였다. 반에서 실행위원 남녀 두 명을 뽑기 위해 반장이 후보 추천을 거론했다. 한 남학생이 손을 들고 말했다.

"미키오하고 아키가 어때?"

모두들 박수를 쳤다. 나는 누가 혹 그런 짓궂은 장난을 할까봐 내내 고개를 숙이고 있었는데, 그들은 역시 내가 피하려고 하면 할수록 그런 내 마음을 귀신같이 알아챘다.

반장이 약간 꺼려하는 표정으로 말했다.

"아키는 괜찮은데, 미키오는 전학 온 지 얼마 안 됐는데, 괜찮을까?"

"그래도, 졸업하기 전에 추억거리 하나 정도는 만들어야지."

"그래, 맞아. 둘이 손발도 잘 맞고."

모두들 키들키들 무책임하게 웃었다. 어쩌다 이렇게 되었는지. 나는 고개를 숙인 채 눈물을 참고 있었다. 몇 번이나 말하지만, 나는 미키오를 보면서 느끼는 그리움의 정체를 알아내려는 것뿐이었다.

그때 미키오가 벌떡 일어나 말했다.

"나 해볼래. 전학생이라도 상관없으면 할게."

"야호!!!"

남학생들은 휘파람을 불고 박수를 치면서 나와 미키오를 부추겼다. 여학생들은 말없이 나를 동정하면서, 그들에게 반대하려 했다.

"너희들, 그만 좀 해라. 아키가 불쌍하잖아."

"왜? 아키가 미키오 좋아하는 거 다들 알고 있는데."

"그래. 우리는 도와주고 있는 거야."

"야, 다들 조용히 해. 다수결로 정하자. 찬성하는 사람 손 들어봐."

반장의 말에 남학생 모두가 손을 들었다. 그러자 처음에는 눈치를 살피던 여학생들도 하나 둘 손을 들기 시작했다. 하루코를 비롯해 나와 친한 여자애들 몇 명만 부루퉁한 표정으로 책상에 턱을 괸 채 손을 들지 않았다.

"자, 그럼 그렇게 정한다."

제안한 남학생이 신난다는 듯 그렇게 말하는데, 미키오가 다시 일어나 말했다.

"이제 가도 되지?"

그러고는 가방을 들고, 어리둥절해서 쳐다보는 반 아이들의 시선 속에 내 자리로 와서는 나를 내려다보았다.

"가자. 너희 집 기치조지지. 나도 중앙선 타고 가니까."

나는 놀란 나머지 그를 빤히 올려다보았다. 미키오가 직접 내게 말을 건 것은 처음이었다. 게다가 모두가 쳐다보는 앞에서.

나는 고개를 끄덕이면서 슬금슬금 일어나 집에 갈 준비를 했다. 될 대로 되라는 기분이었다. 어차피 부루퉁하고 있어 봐야 소문이 없어지지는 않는다. 나는 미키오와 함께 교실을 나왔다. 와, 대단한데. 제법인데, 자식. 남학생들의 야유가 등 뒤에서 따라왔다.

나와 미키오는 아무 말 없이 걸었다. 남학생과 나란히 걷기는 처음이라서 가슴이 두근거렸지만, 내 심정을 전해야 한다는 생각에 용기를 내어 입을 열었다.

"있지 나, 애들이 얘기하는 것처럼 그런 거 아냐. 왜 그런 소문이 났는지는 모르겠지만……."

미키오는 눈만 돌려 힐금 나를 보고는 웃었다.

"알아. 하지만 너, 늘 나를 쳐다보잖아."

내 얼굴이 확 달아올랐다.

"알고 있었니?"

"응. 왜 그럴까 하고 생각했지."

나는 한숨을 쉬었다. 그는 내가 쳐다보고 있다는 것을 알고 있었다. 그리고 그 눈길에 첫사랑이니 하는 달콤한 감정이 섞여 있지 않다는 것도 알고 있었다. 나는 왠지 아군을 얻은 듯한 기분에 마음이 편해졌다. 그는 만사를 정확하게 볼 줄 아는 사람인 듯했다.

"실은 말이지……."

나는 처음 그의 눈을 봤을 때부터 지금까지 내내 마음속에 똬리를 틀고 있는 의문에 대해 말했다. 그는 흥미롭다는 듯이 내 얘기를 들었지만, 결국은 고개를 갸우뚱할 뿐이었다.

"나는 도쿄에서 얼마 전에 이사 왔으니까, 너를 만난 적은 절대 없을 텐데."

"그래, 그건 알아. 그런데 분명히 있어, 네 눈을 본 적이."

"별 상관없지 뭐."

그렇게만 말하고는 미키오는 묵묵히 걸었다. 나는 그가, 또 그 눈빛을 하고 있어 당황했다. 대체 어디서 이 눈을 봤을까?

"미키오."

"응."

그가 퍼뜩 정신을 차리고 나를 보았다.

"지금 무슨 생각하고 있었니?"

"아니, 아무 생각 안 했는데."

"거짓말. 너 틀림없이 무슨 생각 하고 있었어. 아니면 뭔가를 보고 있었던지."

"예를 들면?"

나는 당황해서 고개를 저었다. 그는 웃으면서 내 어깨를 툭 쳤다.

"애들이 하는 말, 신경 쓰지 마. 별거 아니야, 그런 소문."

"너 참 어른스럽다. 우리보다 한참 앞을 내다보고 있는 것 같아. 너 팬, 제법 많아. 여자애들이 소곤거리는 거 나 많이 들었어."

미키오는 순간적으로 입술을 깨물었다.

"그런 것도 다 별거 아니야."

그는 내뱉듯이 그렇게 말하고는 또 입을 다물어버렸다.

그의 그런 모습이 나로서는 도저히 알 수 없는 뭔가를 숨기고 있는 듯 보였다. 나는 갑자기 슬퍼졌다. 그가 나와 필요 이상 친해지지 않으려 애쓰는 것 같았고, 그런 심정을 동정했기 때문이다. 나를 비롯해서 사소한 일에는 관심을 보일 수 없을 정도로 무언가에 마음을 쏟고 있는 그를 상상하면서 나는 한숨을 쉬지 않을 수 없었다. 그는 우리 또래의 인간이 감당하기에 벅찬 짐을 지고 있는 듯이 보였다.

그날부터 우리는 사귀는 사이로 반 아이들에게 낙인찍히고 말았다. 나는 변명하지 않았다. 모두가 아는 것처럼 우리 둘이 사귀는 것은 아니었지만 내가 그에게 관심을 갖고 있는 것은 분명하고, 실행위원회 모임이 끝난 후에 우리가 나란히 집에 돌아가는 것도 다 아는 사실이었다.

나는 점차 그에게 마음을 열어가는 자신을 느낄 수 있었다. 함께 있을 때면 마치 다른 곳에 있는 듯한 그의 분위기도 자취를 감추었다. 그는 잘 웃었다. 그리고 그런 그를 보면서 나도 웃었다. 나는 그의 웃는 얼굴이 좋았다. 그가 웃으면 나는 그 그리운 느낌을 잊을 수 있었다. 그는 이제 막 서로를 알게 된 남학생으로 내 마음에 파고들었다. 즐거웠다.

그런데도 나는 알고 있었다. 나와 얘기를 나눌 때가 아니면 미키오가 여전히 눈 하나 깜박하지 않고 무언가를 응시하고 있다는 것을. 나는 이제 그 눈에서 어떤 그리움을 느끼지는 않았다. 그러기에는 그에게 품고 있는 나의 호의가 너무 컸다. 그런 표정을 지을 때의 그가 행복하지 않다는 것을 나는 알고 있었다. 그가 행복하지 않다는 생각은 내 마음에 상처를 주었다.

나는 그때, 좋아하는 남자에게 평화와 행복을 선사하고 싶을 만큼 이미 어른이었다. 나는 내게 찾아온 첫사랑을 실감하고 있었다. 그것은 지금까지 한 번도 경험하지 못한 감정이었고, 새콤달콤한 것을 떠올리면 볼이 움츠러들 때와 비슷한 느낌이었다. 나는 그를 슬픔 속에 내버려두고 싶지 않았다. 그를 걱정해서가 아니라, 그가 슬픔에 빠지면 내가 견딜 수 없을 것이라고 예상했기 때문이다. 나는 내 멋대로 그렇게 생각했고, 그런 자신을 용납했다. 내가 즐겁기 위해서는 그도 즐거워야 했다. 물론 그에게는 그런 내 마음을 전하지 않았다. 친하게 지내면서 많은 얘기를 나누게 되었지만, 그는 여전히 자신의 영역을 단단히 지키면서 그곳에는 나를 들여놓지 않았다. 나는 그저 스스럼없는 친구로 행동하는 수밖에 없었다.

"있지 미키오 너, 좀 때 아닌 시기에 불쑥 전학 왔잖아. 아빠 일 때문에 그런 거였니?"

미키오는 내 질문에 잠시 허를 찔린 듯한 표정을 보이더니, 아주 밝은 목소리로 대답했다.

"아니. 우리 아빠, 병 때문에 일 못하셔. 그래서 할머니가 돌봐주시고 있어."

"아빠가 많이 편찮으셔?"

"응. 빚쟁이 피해서 도망 왔는데, 이제는 도망칠 필요도 없을 것 같아."

"그럼 엄마는?"

"엄마는 내가 어렸을 때 집을 나가버렸어. 남자하고 사라진 모양이야. 나, 불행하지?"

"어머……."

그렇게 불행한 가정은 소설이나 드라마 속에니 존재하는 것이라고 생각했던 나는 당황했다.

"그런 표정 짓지 마. 지금 한 말, 다 거짓말이야. 농담. 지금 세상에 그런 일이 어딨냐."

미키오는 그렇게 말하고는 내 등을 툭 치면서 웃었다. 나는 여전히 불안했지만, 그의 손이 내 몸에 닿은 것만으로도 마음이 편해졌다. 눈앞에 좋아하는 사람이 있으면 이렇게 마음이 차분해지니, 놀라운 일이다. 아무튼 그가 내 눈앞에서 웃고 있다. 그것으로 족하다. 하지만 그래서 더욱 두렵다. 내가 보지 못하는 곳에서 그가 어떤 괴로운 일을 당한다면, 하고 생각만 해도 내 마음에 어둠이 내린다.

"아키, 너 나 좋아하니?"

미키오가 느닷없이 그렇게 물어, 나는 또 당황하고 말았다. 온몸의 열이 얼굴로 쏠리는 듯한 느낌에 금방이라도 쓰러질 것 같았다.

"그런 건 왜 물어?"

"그런가 싶어서. 늘 나를 보고 있잖아. 너 좀 이상해. 나하고 마주 보고 얘기할 때보다, 나 혼자 멍하게 있을 때 더 뚫어져라 보잖아. 왜 그러는데?"

나는 고개를 숙이고 눈을 꼭 감았다. 그리고 해야 할 말을 그에게 전하기 위해 떨리는 목소리로 입을 열었다.

"좋아하니까. 걱정되니까."

"뭐가 걱정되는데?"

"모르겠어. 나랑 얘기할 때는 내가 너를 웃게 할 수 있으니까 괜찮은데, 너 혼자 있을 때는 그렇지 않으니까."

미키오는 난처한 표정을 지은 채 아무 말이 없었다. 나는 그가 불쾌해진 것은 아닐까 불안해서, 물었다.

"화났니? 내가 괜한 간섭한 거야?"

"아니."

그가 고개를 저었다.

"나도 너 좋아하는데 뭐."

"정말? 왜?"

"글쎄. 너 좀 이상한 녀석이잖아. 내 눈을 보면 그리운 느낌이 든다느니 하면서 말이야. 지금도 그러니?"

"생각하고 싶지 않아."

"왜?"

"두려우니까."

미키오가 나를 살짝 껴안았다. 해가 지고 있었다. 공원에는 연인들이 몇 쌍 있었지만, 나는 우리가 가장 서글프다고 생각했다. 우리는 사랑을 얘기하기에는 너무 어렸다. 서로 어깨를 맞대는 것 외에는 뭘 어찌 해야 좋을지 몰랐다. 서로를 좋아한다는 것밖에 몰랐다.

"해가 점점 더 빨리 지는 것 같다."

"응. 그래도 공기가 싸늘해질수록 저녁 하늘은 아름다워지잖아. 난 추워지는 거 싫지 않은데. 미키오 너는?"

"난 싫어. 왠지 쓸쓸해지잖아. 그런데 지금은 괜찮아. 앞으로도 괜찮을 것 같고. 난 추위를 많이 타지만, 내쉬는 입김이 하얗게 보이는 건 몸 안이 따뜻하다는 뜻이니까."

나는 코끝이 찡했다. 나는 앞으로 어떤 일이 있어도 미키오를 쓸쓸하게 만들고 싶지 않다고 생각했다. 그의 눈은 지금도 눈물의 막이 얇게 쳐져 있는 것처럼 보인다. 하지만 그것은 생각이 다른 곳에 있기 때문이 아니다. 내가 곁에 있어, 그의 눈이 젖는 것이다.

"축제, 우리 열심히 하자."

"응. 마지막이니까. 끝나면 본격적으로 입시 공부 시작해야 하니까. 미키오는 어디 볼 건데?"

"사실은 나 고등학교 안 가려고 했어. 우리 집 가난하니까. 그런데, 어쩌면 갈 수도 있겠다 싶어. 어떻게든 될 것 같아. 일하면서 다닐 수도 있고."

나는 미키오의 손을 어루만졌다. 그리고 그는 내 손을 꼭 잡아 자신의 재킷 주머니에 밀어넣었다. 우리는 마주 보고 웃었다. 그가 미안하다는 듯이 말했다.

"조금 좁지만……."

나도 그의 손을 꼭 잡았다. 행복했다. 웃을 수 있었다.

집에 들어갔더니, 엄마가 저녁 준비를 하면서 칭얼거리는 동생을 달래고 있었다. 나는 늦게 들어왔다고 평소처럼 혼나는 것은 아닐까 하고 걱정했는데, 그게 문제가 아니었다.

"언니. 나 엄마 때문에 미치겠어."

"왜?"

동생은 기다렸다는 듯이 내게 달려왔다.

"언니가 엄마한테 좀 말해봐. 오늘, 신주쿠 백화점 앞에서 토끼 팔고 있었거든. 얼마나 귀엽다고. 나 토끼 꼭 갖고 싶단 말이야!!"

나는 어이가 없어서, 그냥 2층으로 올라가 옷을 갈아입으려 했다. 내 마음속은 토끼 따위를 생각할 여유가 없었다. 미키오의 손의 감촉이 달콤한 독처럼 온몸으로 퍼져, 일상적인 일들이 모두 하찮게 느껴졌다.

"응? 언니가 좀 부탁해봐. 둘이서 토끼 키우자."

동생은 거의 우는 소리로 떼를 썼다. 참다못한 엄마가 큰 소리로 꾸짖었다.

"그만 좀 못하니!! 저번에도 축제 때 억지로 병아리 사달라고 하더니, 죽어버렸잖아. 그때 병아리 얼굴 기억나?! 잘 돌봐주지도 않을 거면서 사달라고 해서는. 엄마는 이제 그런 거 싫어!!"

나는 나도 모르게 뒤돌아 엄마의 얼굴을 보았다.

"왜 그래, 언니?"

나는 뭐라 말을 하려고 입을 열었지만, 목소리가 나오지 않았다.

"어디 아프니?"

나는 겨우 고개만 저었다. 내 마음속에 뭉쳐져 있던 것이 갑자기 녹아내렸다.

"엄마, 그 병아리……."

"그래. 너도 기억나지? 마리코, 순전히 제멋대로라니까. 죽기 전에 그 가엾은 모습을 생각하면……."

나는 방금 전까지 미키오가 잡고 있었던 손을, 손톱이 손바닥을 파먹을 정도로 꽉 쥐었다. 동시에 그 그리운 눈동자를 떠올렸다. 그랬다. 내가 미키오의 눈을 봤을 때, 내 기억을 들쑤셨던 것은 그 병아리의 눈이었다.

그때 병아리는 자신의 죽음을 예견한 것처럼 맑은 눈을 동그랗게 뜨고 있었다. 오직 한 점을 응시하면서. 그리고 내 손 위에서 조용히 그때를 기다렸다. 나는 그 모습을 보면서 두려움을 느꼈다. 모든 것이 비쳐 있는 듯하면서 아무것도 보지 않는 눈. 병아리가 자신이 죽을 때를 생각할 수는 없다. 하지만 죽음은 분명하게 병아리를 사로잡고 있었다. 엄마와 동생은 슬픔으로 어깨를 축 늘어뜨리고 있었지만, 나는 병아리를 지켜보고 있었다. 마치 뭐에 홀린 것처럼 나는 그 조그만 생물이 마지막 힘을 다해 눈을 동그랗게 뜨고 있는 모습을 지켜보고 있었다. 불가사의했다. 그 당시의 나는 체념이란 말을 몰랐을 텐데, 나는 병아리의 눈을 쳐다보면서 체념을 생각했던 것 같다.

"아이 참, 병아리는 처음부터 살 마음이 없었다고, 엄마. 토끼는 괜찮아. 이번에는 내가 잘 돌봐줄게, 응?"

나는 동생의 목소리에 정신을 차리고 2층으로 후다닥 올라갔다. 심장이 두근두근 뛰었다. 나는 방바닥에 앉아 머릿속에서 병아리의 눈을 지우려고 고개를 휘저었다. 그러자 이번에는 미키오의 눈이 나를 사로잡고 놓아주지 않았다. 그리운 느낌 어쩌고 하는 건 순 거짓말이었어. 나는 처음부터 그의 그 눈에 끌렸던 거야. 그리고 두려운 나머지 사랑하게 된 거고. 죽음을 보고 있는 눈동자. 그 사람은 예감하고 있어. 그런데 나는 뭘 해줄 수 있지. 병아리는 벌써 오래전에 죽고 말았다.

나는 그날 밤, 온갖 꿈을 꾸면서 자신의 비명에 잠에서 몇 번이나 깼다. 병아리의 눈이 환영이 되어 아침까지 나를 괴롭혔다. 그 탓에 나는 하룻밤 새 세상의 온갖 공포를 경험한 사람처럼 지치고 말았다. 엄마는 내가 감기에 걸린 줄 알고 학교를 쉬라고 했다. 나는 중요한 수업이 있다고 거짓말을 하고서 무거운 다리를 끌고 집을 나섰다. 나는 끔찍한 예감을 안고 있어, 학교를 쉴 수는 없었다.

미키오는 그날부터 학교에 오지 않았다. 아빠가 병마를 이유로 자살을 했는데, 미키오를 길동무로 삼았다는 그럴싸한 소문이 아침부터 나돌았다. 하지만 모두 나를 생각해서 소란을 피우지는 못했다. 나는 모두가 생각하는 만큼 충격을 받지는 않았다. 만났을 때 이미 예감하고 있었다는 기분이 들어서다.

이삼일이 지나, 담임선생님이 직접 사실을 전해주었다. 우리는 묵도를 하자는 선생님의 말에 따라 눈을 감았다. 모두들 눈을 감고 묵도를 하는 가운데, 나만 살며시 눈을 뜨고 있었다. 나는 그 나이에, 인간의 삶이란 내 마음 같지 않다는 것을 알고 완전히 넋이 나가 있었다. 그 공원에서, 그는 살고자 했는데. 그리고 내 손을 그렇게 꼭 잡아주었는데. 그 사람은 내가 처음 만난, 인생에 예의 바른 사람이었는데. 그런 생각을 했더니 분해서 눈물이 나왔다. 아무도, 아무 말도 하지 않았다. 나도 뭐라 말하면 좋을지 몰랐다. 죽는다는 것은 증오스러운 일이다. 나는 다만 그렇게 생각하고 하염없이 눈물을 흘렸다.

그 후, 몇 번인가 우연히 병아리의 눈과 마주친 일이 있다. 거리의 인파 속에서, 또는 전철 안에서. 그런 때면 나는 나 자신을 어쩌면 좋을지 모른다. 나는 그 사람의 한 손을 꼭 잡고 이렇게 묻고 싶은 충동에 당황한다. 혹시 당신, 죽음을 보고 있는 건 아닌가요?

# 엄마의
# 비밀

나는 자신의 마음속에서 뜨겁고 어두운 것이 생겨나는 것을 느꼈어요.
나는 소리내지 않고 외쳤어요. 죽어버려!

매미 뱃속에 뭐가 들어 있는지 아세요? 실은 아무 것도 들어 있지 않답니다. 정말이에요. 난 매미의 배를 뜯어본 일이 있거든요. 찍찍 뜯어냈는데, 아무것도 없었어요. 왠지 속은 기분이었어요. 하기야 알록달록한 내장이 튀어 나왔다면 기절했을지도 모르죠. 그래도 놀라웠어요. 그렇게 시끄러운 매미의 속이 텅 비어 있다니. 나는 지금도 어린 시절에 발견한 몇 가지 불가사의를 기억하고 있는데, 매미의 뱃속도 그중 하나예요.

초등학교 4학년 여름방학 때 일이었어요. 나는 무척 심심했어요. 그렇게 심심하다고 느낀 것은 태어나서 처음 있는 일이었지요. 엄마는 집에 없었어요. 동생을 낳기 위해

병원에 가 있었죠. 이모가 나를 돌봐주기 위해 우리 집에
와 있었지만, 아직 젊은 그녀는 어린 내게는 별 관심이 없
는 듯했어요. 그래서 그 많은 시간을 거의 혼자서 보내야
했고, 심심하다는 것을 본의 아니게 자각하게 되었죠.

잔소리꾼 엄마가 보고 싶었어요. 나는 아무런 제약 없이
여름을 이겨내야 했지요. 그것이 얼마나 힘든 일인지 나는
비로소 깨달았어요. 지금까지는 귀찮기만 하던 엄마와 선
생님이 아이들이 살아가는 데 없어서는 안 될 요소라는 것
을 알게 된 것이죠. 나는 필요한 것이 없는 무더운 공간에
내던져져 어쩔 줄을 몰랐어요.

여름을 싫어하지는 않아요. 매일 아침 라디오에서 울리
는 음악소리에 맞춰 체조를 하는 것도 신나는 일이고, 동네
친구들과 수영장에 다녀와서 아이스크림을 먹는 것도 거부
하기 어려운 매력이었지요. 하지만 하루에 적어도 한 번은
멍해지는 시간이 있었어요. 나는 대체 누구일까, 하고 생각
에 잠겨 아무것도 하지 못하죠. 무더위에 휘감겨 있는 듯한
그 감각. 들리는 것은 요란한 매미의 울음소리뿐이었어요.
그 순간 내게는 그것이 살아 있는 곤충의 울음소리가 아니
었어요. 여름이란 공간에 홀로 남겨진 나를 세상으로부터
격리시키는 커튼이었죠.

나는 그저 멍하게, 꼼짝도 하지 않았어요. 몸에서는 땀이

비질비질 배어나오고, 나는 정말 살아 있는 것일까, 그런 생각까지 했어요. 태양빛에 뜨거워진 공기는 내 안에 있는 정체 모를 싫은 것들을 자극했지요. 나는 어린 나이에 벌써, 여름 때문에 부패하는 어떤 것이 내 안에 존재한다는 것을 알았어요. 여름에는 뭘 하든 상관없어. 지금 나의 될 대로 되라는 식의 이 자세는 그때 형성된 것이라고 생각해요.

어른이 된 지금 나는 태평한 성격에, 격렬한 감정을 장막으로 가리는 재주도 익혔지만, 지금도 무더운 여름날이면 마음 한끝이 조금씩 썩어 들어가는 것을 느낀답니다. 나른하다 못해 턱을 괸 채 자신을 어쩌지 못할 때, 나는 매미의 뱃속을 떠올리죠. 공허하다고 해야 할까요. 세상의 온갖 시끄러운 소리가 텅 빈 무음의 세계로 느껴집니다. 그럴 때 나는, 지금까지 내가 저지른 갖가지 나쁜 일을 생각하죠. 지금껏 사회적인 범죄를 저지른 적은 한 번도 없지만, 형태가 없는 죄는 무수히 저질렀습니다. 나는 사람을 몇 명 죽이기도 했어요. 동물도 몇 마리나 죽였죠. 마음속으로만 그랬다는 것에 안심하기도 하지만, 매미의 배를 갈랐다는 것은 지울 수 없는 사실이에요. 그것은 내가 저지른 가장 구체적인 죄였습니다.

아빠가 들뜬 표정으로 내게 말했죠.

"마미, 엄마가 말이지, 당분간 집을 비우게 될 거야."

"어디 가?"

"응. 한 일주일 정도, 외할머니 집에 가 있다가, 그 다음에 병원에 들어갈 거야."

"엄마 어디 아파?"

슬쩍 겁이 난 내가 아빠에게 물었어요. 그런데 아빠는 쑥스러운 듯이 머리를 긁적거리더군요. 그 모습이 마치 소년 같아서, 나는 샐쭉한 표정으로 아빠를 쳐다보았어요.

"그게 아니고, 마미, 동생이 태어날 거야. 그래서 엄마가 아기 낳으러 병원에 가는 거야. 네가 언니, 아니 누나가 될지도 모르지."

아하. 엄마의 배가 그렇게 커다랬던 거, 그 때문이었구나. 그러고 보니까, 엄마도 언젠가 그런 말을 했던 것 같아요.

"왜 갑자기 언니가 되는데? 그리고 엄마 뱃속에 어떻게 아기가 들어가 있어? 이상하다. 아빠는 왜 그런지 알아?"

아빠는 내 질문에 당황했는지, 잠시 아무 말도 못했어요.

"엄마 배가 조금씩 커졌는데, 그거 아기 때문이었어?"

"엄마가 마미에게 그런 말 했었지?"

"그런 것 같기도 한데, 나 잊어버렸어. 그냥 살이 찌는 줄 알았지."

"아기가 쑥쑥 자라서 그랬던 거야."

"아아, 아기는 엄마 뱃속에서 자라는구나. 그런데 왜 하필 엄마 뱃속에서 살려고 했을까? 아기가 엄마 뱃속에서 생겨나는 거야?"

"아, 그건 아니고. 마미, 아기씨가 있는데, 엄마 뱃속에서 싹이 난 거야."

"와! 누가 씨를 뿌렸는데?"

"그, 그건, 물론 아빠지."

"쳇, 아빠 짓이었구나."

아빠의 얼굴이 새빨개졌어요. 지금 생각하면 그런 질문 공세를 당한 젊은 아빠가 가엾지만, 그때 내 마음속에서는 심술이 마구 들끓고 있었어요. 막연하지만 나는, 아기가 생기는 원인을 추궁하면 아빠가 궁지에 몰린다는 것을 알고 있었지요.

"마미, 짓이라니. 그런 말 쓰면 안 되지."

"왜? 여름 방학에 엄마가 없는 거, 아빠 때문이잖아. 나 엄마가 없으면 심심하다고. 이모는 밥은 지어주지만 방에서 책만 읽지 나하고는 안 놀아준단 말이야."

"그럼 오늘은 아빠하고 놀자. 마미는 뭐하고 노는 게 재밌니? 인형놀이?"

나는 아빠를 힐금 노려보았어요. 여자애 하면 인형을 생각히는 아빠의 단순한 사고에 화가 나서 견딜 수가 없었어요. 내가 아무 말도 없이 서 있기만 하자 아빠는 난감해서 어쩔 줄을 몰라했어요.

"놀아주지 않아도 상관없는데. 아빠, 나 내일 소집일이니까, 그림 일기에 도장이나 찍어줘."

"그래, 알았다."

아빠는 이제야 안심이라는 듯 어색하게 웃었어요. 나는 원망하는 눈빛으로 그런 아빠를 한참이나 노려보았지요.

이미 놀기에도 싫증이 난 우리에게 소집일은 정말 신나는 날이었어요. 모두들 하도 시끄럽게 수다를 떨어 선생님들이 감당을 못할 정도였지만, 우리에게는 선생님의 꾸중마저 반가웠지요. 개구쟁이 남자애들은 얼굴이 까맣게 탔는데, 그런 그들을 보면 나까지 기분이 좋아지니 신기한 일이죠.

주의사항에 관한 인쇄물과 행사 예정표 등을 나누어준 후에, 선생님이 내게 말했어요.

"어이, 마미. 동생이 태어난다면서?"

"네."

"좋겠다. 누나가 되는 거네. 선생님이 외동이라서 잘 아는데, 형제가 없으면 정말 따분하지. 형제가 있다는 건, 정말 좋은 일이야."

나는 누나가 된다는 실감이 전혀 없었기 때문에 선생님의 말을 잠자코 듣고만 있었어요. 모두들 내게 좋겠다고 말하는 것이 이상했어요. 나는 그냥 심심해서 어쩔 줄을 모르겠는데. 그런데도 짜증이 나지 않는 것은 학교의 시끌시끌한 분위기 덕분이었지요. 여름 방학 중인 학교의 서늘함이 나를 기분 좋게 했어요.

소집일의 일정이 다 끝난 후에 나는 친한 여자애들과 교실에 남아 얘기를 나누었어요. 수영장에 가는 날을 정하고, 친구네 집에서 자는 날을 정하는 것은 우리에게는 중요한 일이죠. 그렇게 재잘재잘 떠들고 있는데 남자애 두세 명이 내게 다가와 말했어요.

"마미 너, 동생 생기냐?"

"응, 그런데."

내가 대답하자 그들이 키들키들 웃어댔어요.

"마미네 아빠하고 엄마는 이거이거래요!"

"무슨 소리야?"

"마미, 아기가 어떻게 태어나는지, 너 아냐?"

나는 어리둥절한 표정으로 그들을 쏘아보았어요. 친한 여자애들이 얼굴을 마주하고는 순간적으로 침묵했어요. 그러고는 풋 하고 웃음을 터뜨렸지요.

"야, 너희들. 마미에게 사과해."

"그래, 사과해. 여자들 놀렸다고 선생님에게 이를 거야!"

모두들 항의의 비명을 질렀지요. 여자애들은 내 편을 가
장했어요. 하지만 나는 분명하게 알 수 있었죠. 그 여자애
들의 목소리에 남자에 대한 교태가 배어 있다는 것을.

나는 벌떡 일어났어요. 그리고 나를 놀린 남자애의 멱살
을 잡았지요.

"우우! 화났다, 마미!"

"으악, 무서워!"

"마미, 이러지 마. 그만 해."

남자애들은 흩어져 도망갔어요. 내게 잡힌 남자애도 내
가 그렇게 화를 낼 줄은 몰랐는지, 기겁을 하고는 도망치려
고 했지요. 나는 너무 화가 나, 나 자신이 무슨 행동을 하고
있는지 모를 정도였어요. 정신을 차리고 보니, 나는 그 남
자애를 마구 쫓아가고 있었어요.

그애는 몇 번이나 뒤를 돌아보면서 뛰어갔지요. 뒤를 돌
아볼 때마다 쫓아가는 내 모습을 확인하고는 겁에 질리는
지 더 힘껏 뛰었어요.

숨이 차서 더는 못 뛰겠다는 듯 갑자기 남자애가 멈춰 섰
어요. 나는 뒤에서 그를 덮쳤어요. 둘이 땅에 나뒹굴었지
요. 나는 그의 몸에 올라타 몇 번이나 그의 뺨을 때렸어요.
그는 저항하지 않았어요. 그리고는 눈에 눈물이 가득 고이

더니, 기죽은 목소리로 이렇게 애원했어요.

"왜 그렇게 화를 내는데? 그냥 놀린 것뿐이잖아. 너무 심하다."

나는 정신을 차리고 남자애의 얼굴을 빤히 쳐다보았어요. 코피가 흐르고 있더군요.

"그래, 미안해. 내가 너무 심했다."

나는 땅에 철퍼덕 주저앉았어요.

"마미 너, 진짜 대단하다."

남자애가 천천히 일어났어요. 둘 다 땀을 흠뻑 흘리고 있었죠. 나는 등에서 흐르는 땀까지 느낄 수 있었어요. 줄줄, 땀은 등에 선을 그리듯 흘러내렸어요. 남자애를 쳐다보면서 물었죠.

"넌 아니?"

"뭘?"

"아기가 어떻게 태어나는지 아냐고?"

"그야, 알지."

"누가 가르쳐줬는데?"

"마츠모토가 모두에게 가르쳐줬어. 형의 책에서 봤다면서."

마츠모토는 우리 반 남자애예요. 나는 유난히 키가 크고 어른스러운 그의 얼굴을 떠올렸어요.

"나한테도 알려줘봐."

"싫어."

"알려주지 않으면 또 때릴 거야."

남자애는 투덜거리면서 내 귀에 얼굴을 갖다 대고 비밀 얘기라도 하듯 속삭였어요. 누가 엿듣는 것도 아닌데, 그는 목소리를 죽여서 조그맣게 말했어요. 우리는 그런 말들은 작은 소리로 소곤거려야 할 성질이라는 것을 이미 알고 있었죠.

나는 그와 헤어져 집으로 돌아갔어요. 돌아가는 길, 내 귓가엔 여태껏 들어본 적 없는 단어 몇 개가 들러붙어 있었죠. 나는 고개를 저으며 그 말들을 떨쳐버리려 했지만 소용 없었어요. 나는 불필요한 지식을 고막에 늘어뜨린 채 넋이 빠져 집으로 돌아갔어요.

그날 오후, 나는 별로 하는 일 없이 툇마루에 앉아 있었어요. 할 일이 없다기보다 아무것도 할 수가 없었어요. 내 몸은 매미 울음소리에 꽁꽁 묶여 있는 듯했어요. 울음소리 하나하나가 새끼줄처럼 내 몸을 휘감았어요.

그리고 그 남자애가 가르쳐준 단어 몇 개가 계속 되살아났어요. 아이, 시끄러워. 마치 귓속에서 매미가 우는 것처럼. 나는 그렇게 생각되었어요. 너무도 짜증스러워 소리라도 꽥 지르고 싶었어요. 그런데 매미 울음소리가 내게는 외

침을 허락하지 않았어요. 자신들의 소리로 공기를 꽉 채워 내 비명을 위해서는 조금도 틈을 내주지 않았죠.

나는 자신의 마음속에서 뜨겁고 어두운 것이 생겨나는 것을 느꼈어요. 나는 소리내지 않고 외쳤어요. 죽어버려! 나는 그 남자애의 얼굴을 떠올렸어요. 증오심이 부글부글 끓어올라, 이를 악물었어요. 그 자식, 죽어버리라고 해. 시끄러워 미치겠네. 나는 그의 죽은 얼굴을 상상했어요. 그리고 교성을 지르는 친한 여자애들의 얼굴을 떠올렸어요. 그 애들도 다 죽어버리라고 해. 그러자 마음으로 떠오른 여자 애들도 죽은 사람처럼 입을 꾹 다물고 눈을 감았어요. 입을 다무는 것! 나는 그때, 모든 존재에게 그것을 바랐어요. 입 다물고 다 죽어버려. 나는 그 전까지는 생각해본 적 없는 죽음을, 놀라우리만큼 쉽게 그릴 수 있었어요. 전부 다, 죽어버려.

나는 왜, 어쩌다 그런 끔찍한 생각을 하게 되었을까요. 단지 정적을 원했을 뿐인데. 조용하고 아무것도 없는 곳에서 쉬고 싶었을 뿐인데. 하지만 여름은 내게 그런 휴식을 허락하지 않았어요.

매미 울음소리. 무심한 아이들. 쑥스럽게 웃는 아빠. 나를 두고 가버린 엄마. 모든 것이 나를 짜증스럽게 했어요. 여름에는 정신이 좀 이상해지나 봐. 나는 그렇게 생각했어요. 어쩔 수 없어요. 더위가 나를 천천히 파먹어 들어가니까요.

매미 울음소리에서 아무런 감정을 느끼지 못했던 어린 시절. 다른 사람들은 어떻게 이 계절을 견뎌냈을까요. 나는 어른이 되면서 많은 것을 알았지만, 타인에 의해서 주어진 첫사랑이라는 쾌락을 알기 이전의 몇 년 동안이 가장 타의적인 시간이었다고 생각됩니다. 사춘기와도 다르고 반항기라고도 할 수 없는 그 시기에 나는 정말 많은 것들을 증오했습니다.

"어머 마미, 와 있었어?"

이모가 보리차와 책을 손에 들고 2층으로 올라가려다 말고 말했어요.

"뭐하니, 이런 데서? 냉장고에 아이스크림 있는데."

"필요 없어."

"왜? 학교에서 무슨 일 있었어?"

"아니."

"그럼, 왜 그래? 이런 데 멍하니 앉아서. 좀 이상하다, 너."

"매미 울음소리가 시끄러워서 그래."

"뭐? 왜, 좋잖아. 여름답고."

"왜 저렇게 시끄럽게 우는데? 좀 그만 울었으면 좋겠어."

"그런 걸 내가 어떻게 아니. 진짜 이상하네."

"이모, 아기가 어떻게 생기는지 알아?"

"알지."

이모는 정말 이상하다는 듯이 나를 쳐다보았어요. 그리고 이렇게 말했죠.

"아기를 만들기 위해선 아주 재미있는 걸 한단다. 마미도 크면 알게 될 거야. 아하하하."

그렇게 말하고 이모는 웃으면서 계단을 올라갔어요. 나는 이모의 발소리를 들으면서 입술을 깨물었어요. 아이, 시끄러워. 이모도 다 죽어버리라고 해.

나는 울고 싶은 기분이었어요. 나 혼자만 소음 속에 덩그러니 남은 느낌이었어요. 내 주위에는 많은 사람들의 시신이 널려 있었어요. 나는 고독했죠. 그런데 고독을 느끼는 당사자인 나 자신을 죽이고 싶은 생각은 없었어요. 참 이기적인 아이였죠. 나는 그저 내 주위를 증오했어요.

그때였어요. 나무에서 날아오른 매미가 내 발치에 앉은 게. 얼떨결에 몸을 비켰어요. 매미는 툇마루에서 꿈지럭꿈지럭 움직이다가 조용히 움직임을 멈췄어요. 나는 잠시 매미를 지켜보다가, 호기심에 날개를 살짝 만져보았어요.

"죽었네."

나는 매미의 급사에 놀라고 말았어요. 방금 전까지 시끄

럽게 울어댔을 텐데, 왜 이렇게 순식간에 죽어버렸는지 의
아했어요.

나는 매미를 살며시 집어 손바닥에 올려놓았어요. 죽어
서 그냥 물체가 되어버린 그것은 나를 짜증스럽게 하지도
못했어요. 나는 한없이 오래 매미의 주검을 바라보았지요.
그러다 왜 매미의 배를 뜯어볼 마음이 생겼는지는 나도 몰
라요. 나는 그 충동을 억누를 수 없었어요. 이 조그만 몸에
서 어떻게 그렇게 시끄러운 소리가 나는지 알아내고 싶어
서 견딜 수가 없었죠. 나는 매미가 어떻게 우는지를 몰랐으
니까요.

나는 조심조심 매미의 배를 찢었어요. 줄기처럼 생긴 부
분이 갈라졌어요. 그 순간, 약간 움찔했지만 멈출 수는 없
었지요. 나는 몸통을 떼어냈어요. 그러자, 아아, 안이 텅 비
어 있었어요. 내장이 다 머리에 모여 있나, 하고 생각했죠.
나는 혼란스러웠어요. 동시에 손가락에서 힘이 빠져나가면
서, 매미의 갈라진 몸 두 개가 내 발치로 톡 떨어졌어요. 그
울음소리의 정체는 대체 무엇이었을까요. 나는 매미의 몸
속에 징그러운 것들이 많이 들어차 있을 줄 알았어요. 그런
데 그 뱃속에는 소리만 들어 있었던 것일까요. 그렇게 나를
짜증스럽게 했던 것의 정체가 공허였다는 말일까요. 내게
살의마저 품게 했던 그 요란스러움은 실체가 없었다는 말

인가요.

나는 발치에 떨어진 매미의 주검을 쳐다보았어요. 그러자 또 느닷없이 그것이 증오의 대상에서 그저 하잘것없고 허망한 생물로 보였어요. 심장이 쿵쾅쿵쾅 방망이질하기 시작했어요. 내가 죽인 게 아니야. 그냥 내 곁에서 죽었을 뿐이야. 나는 속으로 그렇게 중얼거렸어요. 갑자기 무서워졌던 거죠. 하지만 둘로 갈라진 매미의 주검은 지울 수 없는 사실이었어요. 나는 욕실로 달려가 손을 빡빡 씻었어요. 하지만 아무리 씻어도 더러움이 씻기지 않는 것 같았어요.

그날 밤, 아빠에게 물어봤어요.

"아빠, 매미는 어떻게 울어?"

"글쎄. 날개를 비비는 거 아닐까?"

그러자 이모가 반론을 폈어요.

"아니에요, 형부. 꼬리를 떠는 거 아니었어요?"

"그런가."

두 사람 다 정확하게는 모르는 것 같았어요. 둘은 그것에 관해 열심히 갑론을박을 하고는 동시에 내게 되물었어요.

"그런데, 그건 왜?"

나는 아무 대답도 하지 않았어요. 배를 갈라봤더니 텅 비어 있더라는 얘기는 할 수 없잖아요. 왜 배를 갈랐느냐고 따지고 들면 뭐라 대답할 수 없죠. 나는 다만 증오심을 나

스스로 조절할 수 없었을 뿐이에요. 여름 때문에 생겨났고 매미 울음소리가 박차를 가한 내 가슴속의 증오를 도저히 어떻게 할 수 없었어요.

다음 날 아침, 무수한 개미들이 매미의 주검을 마당으로 옮겨갔어요. 마치 장례 행렬 같았지요. 나는 조그만 소리로 미안해, 하고 중얼거렸어요. 여전히 내 머리 위에서는 매미 울음소리가 쏟아졌어요. 나는 나무에 사는 수많은 매미의 존재를 생각하고 위를 올려다보았어요. 하지만 그들이 어디에 있는지 키 작은 나로서는 알 수 없었어요. 정말 시끄럽네, 하고 생각했지만, 그뿐이었어요. 매미는 그렇게 갑자기 죽어버리는 것이라고 생각하면 미워할 수 없었지요. 그리고 어젯밤 마음속으로 죽인 사람들도 더 이상 밉지 않았어요. 어깨에서 힘이 쭉 빠져나가면서, 왜 그렇게 짜증을 내고 심술을 부렸는지 전혀 기억나지 않을 정도였어요.

엄마가 드디어 남동생을 데리고 병원에서 돌아왔어요. 아빠는 기뻐 어쩔 줄을 모르면서 갓난아기 옆에서 떨어지지 않았죠. 어때, 요 녀석, 나 닮았지? 싱글벙글거리며 그런 말을 해서 나는 피식 웃고 말았어요. 동생은 아무도 닮지 않은 것 같았어요. 쭈글쭈글한 게 인간이 아니라 무슨 벌레 같았지요.

"마미, 얘 엄마하고 아빠 중에 누굴 닮았니? 역시 아빠

닮았지?"

"당신은. 나를 닮았지. 그렇지 마미, 엄마하고 꼭 닮았지?"

나는 어이가 없어서 이렇게 대답했어요.

"아무도 안 닮았어. 얘, 벌레 닮았어."

아빠와 엄마는 입을 쩍 벌린 채 나를 쳐다보았어요. 드디어 엄마가 돌아왔는데도 나는 조금도 행복하지 않았어요. 아빠와 엄마는 나 따위는 다 잊어버린 것처럼 동생에게만 사랑을 쏟았어요. 나는 기가 팍 죽어서 애정을 한 몸에 받고 있는 동생을 쳐다보았어요.

불현듯 뇌리에, 나를 놀린 남자애가 했던 말이 스쳤어요. 흐음. 나는 동생의 얼굴을 다시 한 번 쳐다보았어요. 만약 그 남자애가 내 귀에 속삭인 말이 사실이라면, 정말 이상하다는 생각이 들었어요. 이 갓난아기가 그런 일의 결과로 이 세상에 태어났다고 생각하자 그저 어처구니가 없었어요. 그때 나는, 나 자신도 같은 일의 결과물이라는 것을 까맣게 잊고 있었던 것이죠.

동생이 나를 보면서 자랑스럽게 웃었어요. 적어도 내 눈에는 그렇게 보였죠. 조그만 게, 건방지기는. 나는 동생을 혼내주려고 귀를 잡아당겼어요. 너무 세게 잡아당겼는지, 녀석이 손발을 버둥거리면서 울음을 터뜨렸어요. 나는 놀라서 동생을 안아 달래주려고 했어요. 엄마에게 혼날까봐 무서웠거든요.

그런데 동생은 점점 더 앙앙거리며 울어대는 거예요. 나는 엄마가 그러는 것처럼 동생을 흔들어주면서 어르려고 했어요.

"착하지, 착하지."

그래도 동생은 울음을 그치지 않았어요. 마치 비명을 지르고 절규하듯 계속 울었죠. 나는 신경질이 났어요.

"시끄러워!!"

나는 포기하고 동생을 다시 내려놓았어요. 그때, 모든 것을 저주했던 그날의 오후가 되살아났어요. 안 돼!! 나는 자신을 진정시키려 했어요. 하지만 이미 때는 늦었지요. 나는 이렇게 악을 쓰고 있었어요.

"너 같은 거, 죽어버려!!!"

엄마가 뒤에서 갑자기 내 어깨를 꽉 잡았어요. 그리고 내 바지를 벗기더니, 엉덩이를 찰싹찰싹 때리기 시작했어요.

"이 계집애, 자기 동생에게 그게 무슨 소리야! 어서 사과해! 엄마, 용서 안 할 거야!!!"

엄마는 그렇게 악을 쓰면서 내 엉덩이를 몇 번이나 때렸어요. 나는 너무 아파서 이를 악물었지만 울지는 않았어요. 동생만 노려보고 있었지요. 그 아이는 내 동생이지만 내 동생이 아니었어요. 내 눈에는, 나를 짜증스럽게만 했던 매미 같은 모습으로 보였어요. 배를 갈라보았더니, 아무것도 없었던 그 매미였어요.

엄마는 씩씩거리며 때리던 손을 거두더니 동생을 안아 올렸어요. 그런데 신기한 일도 다 있죠. 엄마가 안아 올리는 순간 동생은 울음을 뚝 그치고 생글거리기 시작했어요. 나는 그 순간 갑자기 딸꾹질이 났어요. 그리고 눈물이 넘쳐 흘렀죠. 이번에는 내가 엉엉거리며 울었어요. 놀란 엄마가 나를 끌어당기며 말했어요.

"미안하다. 하지만 마미가 나빴어."

나는 엄마의 그 부드러운 말에 점점 더 흑흑 소리를 내며 울었어요. 그리고 내 마음속에 뭔가 따스한 것이 스미는 것을 느꼈지요. 그때서야 나는 자신이야말로 텅 빈 뱃속으로 끝없이 울어댔던 매미였다는 것을 알았어요. 인간이 공허를 메우기 위해 운다는 것을 안 나는 그저 서럽고 애달팠어요. 나야말로 죽어야 하는데. 나는 감상적인 기분으로 그렇게 생각했어요. 하지만 죽은 후에 누가 배를 가를지도 모른다고 생각하자, 죽을 수 없었죠.

# 바다로
## 가는 길

나는 행복한 하루하루 속에서
이미 인생을 가볍게 여기고 있었다고 할 수 있죠.

나는 되바라진 아이였어요. 지금이야 얼굴을 붉히면서 어린 시절의 자신을 그렇게 표현할 수 있지만, 당시의 저로서는 생각도 할 수 없는 일이었죠. 나는 내 주변의 아이들보다 많은 것을 알고 있다고 자부했어요. 남보다 책을 많이 읽는다, 사람의 마음을 금방 파악할 수 있다, 남보다 많은 장소를 알고 있다. 그런 점을 늘 의식하면서 어린아이들 세계에서 몸이 작은 어른인 자신의 책임을 다하려 애쓰며 살았지요. 타인의 마음을 잘 이해하고, 뭘 잘 모르는 아이를 옳은 방향으로 인도하고, 또 남보다 많이 갖고 있는 지식을 나누어주는 데 하루하루를 다 썼죠. 나는 어렸을 때부터 내가 늘 타인 위에 있다고 느꼈어요. 그런데도 그 나이에, 교만하지 말고 사람들을 사랑하자고 결심했죠. 나는 그때 겨우 아홉 살이었어요.

나는 아빠의 직장 때문에 몇 번이나 전학을 다녔어요. 처음에는 전학을 할 때마다 긴장의 연속이었지만, 그것도 몇 번을 하고 나니까 익숙해져서 아무 부담이 없었지요. 아니 오히려 새 학교로 옮길 때마다 내게 쏟아지는 무수한 시선에 쾌감마저 느꼈어요. 선생님들은 툭하면 전학을 다니는 내가 안쓰러웠는지 필요 이상의 호의를 베풀어주었지요. 나는 그 호의를 순순히 받아들이고 생긋 웃었어요. 남이 나를 걱정해주는 것은 기분 좋은 일이지요. 나는 몇 번이나 진심으로 고맙다는 인사를 했어요. 그리고 불공평하지 않게 그 기쁨을 친구들에게도 나누어주려고 노력했지요.

그들은 나를 금방 좋아하게 되었어요. 그렇지 않겠어요? 어린애들이란 아주 민감하니까요. 조금이라도 융화하지 못할 만한 태도를 보이면 거부반응을 보이죠. 나는 그 점을 잘 알고 있었어요. 내게 따돌림이나 집단 괴롭힘 같은 일이 일어나서는 안 되었죠. 나는 모든 이로부터 사랑받도록, 그리고 모든 이를 사랑하도록 늘 노력하는 어른이었으니까요. 세상은 그리 나쁘지 않았어요. 나는 행복한 하루하루 속에서 이미 인생을 가볍게 여기고 있었다고 할 수 있죠.

우리 집은 그해 시즈오카 현의 소도시로 이사를 했어요.

나는 그곳을 금방 좋아하게 되었지요. 그 소도시는 꽤 시골이었지만 자연이 정말 아름다웠어요. 나는 싫다는 감정을 최대한 피하려 애썼기 때문에, 어떤 곳이든 어떤 사람이든 좋아할 수 있었지요. 물론 태어나 어린 시절을 보낸 도쿄가 때로 그립기는 했지만 어쩔 수 없는 일이죠. 아빠를 원망할 수는 없으니까요.

그 시골은 그야말로 전원 분위기였어요. 논이 한없이 펼쳐져 있었지요. 나나 친구들은 논 사이로 난 길을 30분 이상이나 걸어서 학교에 다녔어요. 나와 함께 다닌 친구들은 이른바 '도시'에 살았죠. 그곳은 도시의 아이와 농가의 아이들 분위기가 조금 달랐어요. 나는 가끔은 집이 학교에서 가까운 농가의 아이를 부러워했는데, 밤에 집 안으로 모기가 들어온다는 소리를 듣고는 더 이상 부러워하지 않았어요. 바다 쪽에서 학교를 다니는 아이도 있었죠. 그들은 햇볕에 까맣게 그을린 얼굴에, 남자애들은 머리에 모래가 묻어 있곤 했어요. 데츠오도 바다 쪽에서 다니는 아이였죠.

나처럼 여러 학교를 다니다 보면, 교실 안에서 누가 가장 인기가 많고 누가 따돌림을 당하는지 금방 알게 되죠. 나의 판단은 빗나간 적이 없었어요. 교실 안에는 반드시 권력을 쥐고서 다른 아이들을 휘하에 거느리는 아이가 몇몇 있죠. 나는 전학을 가면 며칠 동안 누가 누구에게 속하는지 관찰

하고 머릿속으로 정리해서 자료를 만들어 마음속에 늘 상비합니다. 그리고 필요한 때가 오면 그것을 꺼내 인간관계를 위해 적절하게 사용하죠. 또 다양한 그룹이 아주 사소한 일로 옥신각신할 때, 그룹 사이에 끼어들어가 모두를 설득합니다. 그렇다고 아양을 부리거나 비위를 맞추는 건 아니에요. 나는 늘 나 자신이라는 것을 다른 아이들에게 증명하고, 거짓 없는 당당한 태도로 그들의 신뢰를 얻었어요. 그러니까 나는 그들보다 조금은 어른이었던 것이죠.

"무슨 일이든 구미코 씨 의견을 들은 후에 결정하자."

그들은 입을 모아 그렇게 말했어요. 구미코 씨란 나를 뜻합니다. 그들은 나를 그냥 구미코라고 부르지 않고 씨를 붙여 정중하게 불렀어요. 내게 그렇게 부를 만한 뭔가가 있었던 것이겠지요. 그들은 나를 선망의 눈빛으로 바라보았어요. 물론 그들은 내가 자만하지 않는다는 것을 알기에 그런 것이지만, 나는 내심 아주 자랑스러웠어요. 가끔 솟아오르는 웃음을 입술을 꼭 다물고 참아야 할 정도였죠. 그리고 그것이야말로 내가 원하는 인내라는 것이었어요. 그런 인내가 얼마나 황홀했던지 몰라요.

그렇게 한껏 주목을 받고 있는 내가 데츠오에게 다가갔으니, 모두들 놀란 듯했어요. 데츠오야말로 내 자료 속에서 어느 그룹에도 속하지 않은 외톨이였으니까요. 나는 그 사실을 몇 번이나 확인한 후에 데츠오에게 다가갔어요. 반 아이들 모두에게 따돌림을 당하고 있으니 얼마나 불행하겠어요. 나는 교실 한구석에 불행을 짊어진 아이가 홀로 뚝 떨어져 있다는 것을 참을 수 없었어요. 우리는 아직 어린애니까 불행해질 의무는 없지요.

데츠오는 한쪽 눈이 의안이라고 해요. 나는 처음에는 잘 몰랐는데, 친구가 가르쳐주었어요. 그 친구는 데츠오와 친해지면 안 된다고 수군거렸죠. 걔, 성격도 나쁘고, 한쪽 눈이 유리알이야. 이렇게 말이죠.

나는 깜짝 놀라서 데츠오의 눈을 몰래 훔쳐봤어요. 잘은 모르겠는데 약간 부자연스러운 듯한 느낌도 들었어요. 나는 그 일을 무슨 큰 잘못이라도 되듯 떠벌린 아이가 조금은 미웠어요. 그런 이유 때문에 그를 따돌리는 것은 사람의 도리에 어긋난다고 생각해서죠.

하지만 나도 결국은 알게 되었어요. 아이들이 데츠오를 따돌리는 것은 눈 때문이 아니었어요. 그의 그 세상을 버린 듯한 태도, 사람의 관심을 일부러 무시하는 듯한 고집스러운 분위기 때문에 다들 그를 멀리하는 것이었지요. 아이들은 그런 자신의 심중을 뭐라 설명하면 좋을지 몰라 그의 유리알 눈 탓으로 돌릴 수밖에 없었던 거예요. 그에 대한 불쾌함을 표현하자니, 그의 의안을 놀리게 된 것이죠.

그것을 알았을 때, 내 안에서 묘한 의욕이 들끓었어요. 마음이 뜨거워지고 눈물이 흐를 정도였지요. 나는 기회를 엿보다 데츠오에게 다가가 말을 걸었어요.

"데츠오, 숙제 해왔니?"

"너희 집에서 무슨 동물 같은 거 키우니?"

그 후로 나는 매일 그에게 말을 걸었어요. 보다 못한 친구가 내게 충고를 한 일도 있었지요.

"구미코 씨. 저런 애한테 왜 친절하게 대해. 그러다 무슨 큰일 당하려고."

"왜? 무슨 큰일 당한 애 있어?"

"그럴까봐 무서우니까 말을 안 거는 거지. 언제였더라, 데츠오 걔, 갑자기 남자애들에게 대들었다고."

"왜? 이유가 있었을 거 아냐?"

"글쎄. 눈이 하나밖에 없어서 발작을 일으킨 거라고 하던데, 남자애들이."

"너무했다!"

나는 정말 화가 났어요. 어쩌면 아이들이란 이렇게 잔혹한 것일까요. 그가 일부러 눈 한쪽을 잃은 것은 아니잖아요.

"그렇게 심한 말 하는 거 아냐. 누구라도 남을 욕하는 건 안 돼."

"그래도 구미코 씨는 친절하잖아. 데츠오는 냄새 나는데."

"냄새가 난다고?"

"응, 아무튼 곁에 가면 알 수 있어. 그리고 걔 만날 모래 묻히고 다니잖아."

"바다 쪽 아이니까 어쩔 수 없지."

"그래도 다른 바다 쪽 애들은 모래 안 묻히고 다녀."

그날, 나는 데츠오와 함께 학교를 나서는 데 성공했어요. 나는 하굣길에 그의 어깨를 툭 치면서, 활달한 말괄량이를 가장하고 말했어요.

"데츠오, 우리 같이 가자!"

그는 이상하다는 표정을 지으며 나를 힐금 보고는 말했어요.

"난 너하고 방향이 달라."

"알아. 그래도 중간까지는 같이 갈 수 있잖아. 아니면, 어디 들렀다 가도 되고."

그는 아무 대꾸도 하지 않고 앞만 보고 걸어갔어요. 나는 재빨리 걸어서 그의 옆에 따라 붙었지요. 그는 내내 아무 말이 없었어요. 우리 집 쪽과 그의 집 쪽이 갈라지는 모퉁이에 다 와서도 모르는 척하고 있었지요.

"잘 가, 데츠오. 내일 또 보자."

내 목소리만 조용한 길에 울렸어요. 나는 조금은 맥이 풀린 기분으로 그의 뒷모습을 지켜보았지요. 호의를 받아들일 줄 모르는 아이네, 하고 나는 안타까웠어요. 그러고는 점점 더 의욕을 불태웠지요. 나를 싫어하는 사람이 있을 리 없다고 생각한 것이죠. 나는 한없이 멀어지는 데츠오의 뒷모습을 끝까지 지켜보면서 흥분감에 볼이 발갛게 달아올랐지요. 그게 나의 자만이라고는 전혀 생각지 않았어요. 데츠오, 어린 나이에 벌써 불행한 사람.

나는 몸을 빙글 돌려 반대 방향으로 걸어갔어요. 벼를 수확하고 난 논이 오후의 햇살 속에서 향그러운 냄새를 풍기고 있었지요. 오후에는 가을, 밤이면 겨울로 변하는 이 계절을 나는 무척 좋아했어요. 집으로 돌아가 잠시 있다 보면 따뜻한 기운이 내 몸을 감싸는 그런 때, 나는 자신이 굉장히 행복한 사람이라고 실감하죠.

데츠오와 나의 관계에는 아무런 진전이 없었어요. 교실에 있을 때도 기회가 있을 때마다 말을 걸었고, 하교할 때도 그의 옆을 함께 걸었지만 정말 그는 힘겨운 상대였어요. 내가 이렇게나 마음을 쓰는데 다른 남자애들 같으면 우쭐해서 어쩔 줄을 모를 텐데, 그는 고집스럽게 나를 거부했지요. 그를 위해서 사람의 마음을 부드럽게 누그러뜨리는 미소를 애써 짓는데도 그는 꿈쩍도 하지 않았어요. 아무래도 데츠오가 정말 성격이 나쁜 건지도 모르겠어요. 하지만 그런 생각이 들면 나는 곧바로 고개를 저어 떨쳐냈어요. 태어나면서부터 나쁜 사람은 없다, 어떤 사람이든 따스함을 받아들일 수 있다고 나는 자신을 달랬지요.

그런 답답함 속에서 지내던 어느 날이었어요. 나는 평소에 하던 대로 데츠오 옆으로 달려가 온갖 말을 했지요. 우리 가족에 대해서, 지금까지 이사를 다닌 곳에 대해서요. 데츠오는 처음에는 내 얘기를 듣는 건지 마는 건지 전혀 무시하고 있더니, 갑자기 걸음을 뚝 멈췄어요. 나는 그보다 두세 걸음 더 걷고는 놀라서 뒤돌아보았죠.

"왜 늘 내 뒤를 따라오는 거지?"

"따라가는 거 아냐. 같이 갈 수 있는 데까지 같이 가려는 거지."

"왜?"

"왜긴, 너에 대해서 알고 싶으니까 그렇지."

"왜 나에 대해서 알고 싶은데?"

"어, 너 친구도 없는 것 같고, 그러니까 나라도 네 마음을 이해할 수 있으면 좋겠다 싶어서."

"흥."

"정말이야. 나, 너 생각 많이 했어. 그리고 너와 무슨 말이든 꼭 나눠야 한다는 생각을 했고. 널 도와주고 싶어."

그렇게 말하면서 나는 흐뭇함에 가슴이 벅찼어요. 자신이 하는 말에 취한다는 것, 지금 내가 그렇다는 걸 실감할 수 있었죠.

"정말 나를 걱정하는 거야?"

"그럼!"

"거짓말."

"거짓말 아냐!"

"그럼, 증명해봐."

"……어떻게?"

"우리 집까지 같이 가자."

"너네 집 바다 쪽이잖아. 그렇게 먼 데까지 어떻게 가."

"나를 도와주고 싶다면서. 친구가 없어서 불쌍하다고 내 얘기 상대가 돼주려는 거잖아? 아니면 한쪽 눈밖에 없으니까 신기해서 따라오는 거니?"

"좋아. 가자. 너네 집까지 가자!"

나는 오기가 나서 성큼성큼 앞서 걸었어요. 사람의 마음을 이렇게 몰라주는 애도 없을 거야. 나는 분해서 눈물을 다 글썽거렸어요. 지금까지 아무리 따돌림을 받는 애라도 내게는 마음을 열었는데. 그리고 그 덕분에 나는 모든 사람의 존경과 신뢰를 얻었는데.

데츠오가 내 뒤를 따라오는 기척이 없어 돌아보자, 그는 저만치에서 잠자리를 잡고 있었어요. 나는 한숨을 쉬면서 돌아가 말했지요.

"빨리 가자, 너네 집 멀잖아."

"이것 봐, 밀잠자리야."

"알아."

"왜 밀잠자리라고 하는지 알아?"

"아니."

"꼬리가 짭짤해서 그래."•

그 순간, 나는 뭐라 말할 수 없을 정도로 놀랐어요. 데츠오가 잠자리의 꼬리를 입 안에 쏙 집어넣었거든요. 잠자리는 포기한 것인지 아니면 기분이 좋은 것인지, 날개를 파르르 떨더니 가만히 있었어요.

"야 맛있다. 너도 맛볼래?"

나는 기겁을 하고 고개를 저었어요. 저걸 먹는 걸까. 나는 겁에 질려서 잠자리의 꼬리를 물고 있는 그의 입술을 빤히 쳐다보았어요. 그도 나를 쳐다보았지요. 오후의 햇살이 등 뒤에서 그와 잠자리를 비추고 있었어요. 나는 그의 한쪽 눈이 진짜가 아니라는 것을 새삼 느꼈어요. 햇살에 반짝이는 눈동자가 정말 유리처럼 아름다웠으니까요.

---

• 밀잠자리(시오카라톤보)의 '시오카라' 는 '짜다' 는 뜻

나는 얼이 빠져 멍하니 있는데, 그는 잠자리 꼬리를 입에서 빼내더니 수풀에 날려 보냈어요. 잠자리는 잠시 뒤뚱거리고는 금방 기운을 되찾아 날아올랐어요.

"난 짭짤한 거 좋아하는데, 너는?"

"난, 단 거."

데츠오는 내 대답을 무시하고 앞으로 쑥쑥 걸어갔어요. 나는 허둥지둥 그의 뒤를 따랐죠. 비닐하우스를 몇 채나 지나면서 우리는 밭 사이로 난 길을 걸었어요. 해가 점점 기울어, 우리 그림자가 길게 따라왔어요. 좀더 가면 바다가 나올까, 하고 나는 신기해했어요.

"너 바다 쪽에 사는 거 맞니?"

"아니. 바다는 우리 집에서 한참 더 가야 돼. 난 바다가 있는 방향에 살고 있을 뿐이야."

"그렇구나. 그런데 가끔 옷에 모래 묻히고 다니잖아."

"그야 해변에 가서 노니까 그렇지."

"놀다니?"

"개미집도 파고, 문주란 뿌리도 잡아당기고, 아니면 그냥 멍하게 있고."

"멍하게? 무슨 생각을 하는데?"

"여러 가지. 말해도 넌 모를 거야."

"데츠오, 너 참 솔직하지 못하다. 나는 너의 그런 점을 고쳐주고 싶어. 너네 엄마하고 아빠는, 네가 그런 태도로 말해도 혼내지 않니?"

"없는데, 뭐."

"뭐, 뭐라고?"

"돌아가셨어. 난 할머니하고 같이 살아."

나는 뭐라 대꾸하면 좋을지 몰랐어요. 이 세상에 엄마와 아빠가 없는 아이도 있다니, 상상도 못한 일이었어요. 나는 아무 말도 못하고 고개를 푹 숙였어요.

"불쌍하지?"

"……."

"불쌍한 사람을 괜히 치근대지 않는 게 좋을 거야. 무슨 일을 당할지 모르잖아."

"미안해……."

"사과 안 해도 돼. 난 내가 불쌍하다는 생각 한 번도 해본 적 없으니까. 학교 친구들하고 말 안 하는 건, 걔네들이 날 불쌍하다고 생각하는 게 귀찮아서야. 남을 불쌍하다고 생각하면 기분 좋잖아. 그런데 그게 말이 되니? 그러느니, 차라리 싫어하게 내버려두는 게 낫지. 학교 녀석들, 내가 타겟이 아닌걸 뭐."

"타겟이 뭔데?"

"여자하고는 관계없는 거야. 그런데 너, 괜찮냐? 이제 두

세 시간 지나면 어두워질 텐데. 그럼 갈 수도 없어. 너 길
모르잖아."

그 말을 듣고서, 화들짝 놀라 사방을 둘러보았어요. 수확
이 끝난 허허벌판 같은 논이 저 멀리까지 한이 없고, 그리
고 그런 곳에 서 있는 사람은 나와 데츠오뿐이었어요. 서쪽
으로 기우는 해가 부시도록 내 눈을 찔렀어요.

"그러니까 내가 말했잖아. 불쌍한 사람은 상관하지 않는
편이 좋다고."

"어쩌지."

나는 갑자기 불안해지면서 울음이 나올 것 같았어요.

"아쿠타가와 류노스케의 「광차」 같은 기분이다."

"그게 뭔데?"

"갈 때는 좋아도 올 때는 무섭다는 얘기."

"제발 지나가게 해주세요, 그거로구나."

데츠오가 웃으면서 나를 보았어요. 하지만 나는 도저히
웃음으로 답할 수가 없었어요. 왔던 길을 까맣게 잊고 말았
으니까요. 나는 나도 모르게 훌쩍훌쩍 울고 있었어요.

"하하하, 우리 집 아직 한참 멀었어. 자, 가자."

나는 절망적인 기분에 그 자리에 쭈그리고 앉아 두 손으
로 얼굴을 가리고 울기 시작했어요. 데츠오는 그런 나를 잠
시 보고 있는 듯하더니, 불쑥 말했어요.

"야, 너 뱀 밟았어."

나는 비명을 지르면서 벌떡 일어섰어요.

"거짓말이야. 지금 이 계절에 뱀이 어딨다고. 너 진짜 바보다."

나는 분해서 입술을 꽉 깨물고 눈물을 쓱쓱 닦았어요. 데츠오는 조그만 개울을 훌쩍 건너뛰어 논으로 껑충 뛰어내렸어요.

"이리 와."

나는 온 힘을 다해 개울을 휙 건넜어요. 그리고 데츠오를 따라 논 한가운데로 갔지요. 밑동만 남은 벼가 바람에 사락사락 흔들리면서 발에 밟혔어요. 데츠오는 땅에 앉아 높이 쌓아놓은 볏단에 등을 기댔어요. 나도 똑같이 그 옆에 앉았어요. 나는 데츠오 없이는 집에 갈 수 없잖아요. 그러니까 그의 곁을 떠날 수 없었어요.

저녁 햇살에 볏단이 따끈하게 우리를 맞아 주었죠. 덕분에 나의 불안도 조금은 사라졌어요.

"아, 편안한다. 잠이 사르르 올 것 같다."

"잠들면, 죽어!"

"뭐?"

"장난이야."

나는 고개를 푹 숙이고 절망스런 포즈를 취했어요. 그때,

데츠오의 운동화가 눈에 들어왔어요. 운동화 끈 구멍에 모래가 묻어 있었어요.

"넌 바다에서 멍하게 있으면서 무슨 생각 하는데?"

"안 가르쳐줘."

"깍쟁이."

"너 말이지, 내가 너한테만 특별히 그런 거 가르쳐줄 줄 알았다면 큰 오산이야. 사실, 너 같은 애한테는 아무도 자기 비밀을 가르쳐주지 않거든."

"왜?"

"좋은 사람인 척하는 사람이 가장 나쁜 사람이니까."

"그럼 내가 나쁜 사람이라는 거야?"

"글쎄."

나는 왠지 또 슬퍼져서, 한참을 울었어요. 데츠오는 조금도 당황하지 않고 볏짚을 뽑아 입에 물고 질겅거리고 또 꼬기도 했어요. 나는 아무리 기다려도 데츠오가 나를 위로하지 않으니까, 할 수 없이 얼굴을 가린 손가락 사이로 그를 훔쳐보았어요. 그는 내게는 아무 관심도 없는 듯했어요. 멍하게 생각하고 있나 보다, 하고 수긍이 갔어요. 금빛으로 물든 논이 저녁나절의 바다 같은 느낌이었어요. 눈물 때문인지도 모르죠. 사방에서 잔물결이 살랑살랑 밀려오는 듯한 기분에, 나도 모르게 조그맣게 소리를 질렀어요. 데츠오가 그때서야 나를 돌아보았어요.

"왜 그래?"

"응, 지금 바닷가에 있는 것 같은 기분이 들었어."

내 말에 데츠오가 얼굴 하나 가득 환하게 웃었어요. 나는 데츠오의 이가 참 하얗다고 생각했어요.

"응. 정말 그렇지? 바다가 진짜 보이지?"

"응."

"난 눈이 한쪽밖에 없지만, 무엇이든 다 보여."

"그렇네."

나는 데츠오의 옆얼굴을 살짝 쳐다보면서, 참 아름답다고 생각했어요. 보이지 않는 한쪽 눈이 서녁 햇살에 반짝반짝 빛났어요. 귀 뒤로 모래가 흘러내린 듯했어요. 정말 바다 쪽 아이구나. 나는 데츠오가 정말 바다 쪽 아이라는 것을 느꼈어요.

"나, 왠지 데츠오, 너하고 결혼할 것 같은 기분이야."

"뭐?"

나는 내가 왜 그런 말을 했는지 알 수 없었어요. 다만, 이런 남자가 좋다고 생각했지요. 그리고 매일 이렇게 푸근한 짚단에 기대어 저녁 햇살을 받으며 멍하니 있었으면 좋겠다고요. 모든 사람이 나를 좋아하게 하려고 노력할 필요도 없어요. 그러지 않아도 나의 남편은 조금도 신경 쓰지 않아요. 나는 이런 나의 생각에 우쭐해졌지요.

"넌 어떻게 생각하니? 결혼하는 거."

"몰라."

"왜?"

"나하고 어떻게 결혼해."

"그러니까 왜?"

"바다 쪽 아이는 고생이 많다고."

"그러니."

나는 조금 실망한 기분으로 데츠오가 하는 것처럼 볏짚을 뽑았어요. 왠지 기분이 시큰둥해졌어요.

"가자."

데츠오가 벌떡 일어나면서 말했어요.

"나 가는 길 몰라."

"아는 데까지 데려다줄게."

내가 입술을 툭 내밀고 일어나자, 데츠오가 짚을 떨어내주었어요. 나는 그런 그를 보며 웃었는데, 그는 마냥 골이 난 표정이었어요.

"데츠오."

"왜?"

"너 조금만 더 솔직해졌으면 좋겠다."

"알았어."

데츠오와 나는 왔던 길을 다시 돌아갔어요. 해가 완전히 기울어 사방에서 어둠이 밀려오는데, 이제는 조금도 불안하지 않았어요. 불쌍한 사람에게 더 이상 관심을 갖지 않은 탓인지도 모르죠. 데츠오는 내게 이제는 불쌍한 사람이 아니었으니까요.

한 해가 저물면서 2학기가 어언 끝나갈 무렵, 아빠가 내게 다음 봄학기는 다른 학교에 가야 한다고 했어요. 나는 충격 때문에 아무 말도 할 수 없었어요. 엄마는 아빠가 전보다 더 좋은 자리로 승진을 하게 되었다고 기뻐했지만, 나는 아무런 느낌이 없었어요. 나는 이 시골 동네를 정말 좋아하게 되었거든요.

종업식을 하는 날, 담임선생님이 반 친구들에게 나의 전학을 알렸어요. 모두들 놀랐어요. 헤어짐이 아쉬워 울음을 터뜨리는 아이들도 있었어요. 내가 지금까지 써먹었던 방법이 이 학교에서도 성공을 거두었나 봐요. 모두들 나를 정말 좋아했던 거죠. 나는 교단에 서서 울고 있는 그들을 달랬어요. 그러자 내 눈에서도 눈물이 쏟아졌어요. 한없이 흘러나오는 눈물. 하지만 그것은 그들을 위한 눈물이 아니었어요. 나는 데츠오를 보고 있었어요. 그는 입술을 꼭 깨문 채 눈물 한 방울 흘리지 않고 나를 노려보고 있었어요. 나는 쏟아지는 눈물을 닦지 않아, 입속까지 줄줄 흘러들었어요. 난 짭짤한 걸 좋아하는데. 나는 무심한 그의 표정을 보면서 그 말을 떠올렸어요.

# 꽃을 든
## 여자 이야기

물의 흐름을 따라 기모노 자락이 너울거리고,
여자는 마치 물고기처럼 흐르고 있었어요.

먹는 것과 자는 것은 그 당시 욕망이 아니었어요. 물론 욕망의 종류에는 포함되지만, 먹고 자는 것에는 죄의식이나 보여서는 안 된다고 겁내는 마음이 없잖아요. 어른이 되면 먹고 자는 것에 음란한 비밀이 숨어 있다는 것도 알게 되지만, 소녀인 내가 어떻게 그런 것을 알겠어요. 그런 것들은 그저 자연현상에 지나지 않는다고 꽤나 아는 척하면서 나는 일곱 번째 여름의 끝을 보냈습니다. 그때의 나는 다른 여러 가지 욕망에 몰두해 있었어요.

왜 그랬는지는 잘 모르겠어요. 일곱 살 생일을 맞을 즈음부터 내 눈에 비치는 모든 것의 색깔이 갑자기 변하기 시작했어요. 지금까지 관심을 쏟았던 인형과 친구들과 하는 고

무줄 놀이가 아무 재미도 없어졌어요. 물론 거리낌 없이 우리 집에 놀러오는 학교 친구들과는 재미있는 척하면서 잘 놀았죠. 따돌림을 당하면 귀찮으니까요. 하지만 나는 한숨이 나왔어요. 친구들이 재미있어하는 놀이가 내게는 아무 재미도 없었거든요.

우리 집은 굉장히 오래된 집이었어요. 지금은 현의 중요 문화재로 지정되어 있지요. 지금 생각하면 어떻게 그렇게 낡은 집에서 살 수 있었는지 신기할 정도예요. 아빠와 엄마는 늘 이사를 하고 싶어했지만, 연로하여 자리보전하고 계신 할아버지가 절대 허락하지 않았습니다. 이 집을 떠나면 죽는다는 이유로 말이죠. 나는 어린 마음에 어차피 언젠가는 반드시 죽을 텐데, 하고 생각했지만, 사실은 나도 이사는 하고 싶지 않았어요. 현재 살고 있는 새 집(벌써 이사한 지 10년이 되었지만)에서 엄마 아빠가, 그 집에서 유령을 안 봤기에 망정이지, 라고 하는 소리를 들으면 신기한 기분이 들어요. 물론 나는 유령을 못 봤어요. 그렇게 강한 영감을 갖고 있지 않으니까요. 하지만 그 집에는 유령보다 더 이상한 것들이 많이 살았던 것 같아요.

다시 일곱 살 때 얘기로 돌아가죠.

난 그 전까지 그저 집이라고만 생각하고 살았던 집이 내 관심을 자극하는 것들로 구성되어 있다고 느끼기 시작했어요. 이 집은 친구들이 사는 집과는 많이 다르다는 걸 알게 된 뒤부터 나는 혼자 노는 것이 좋아졌지요.

그 집의 부엌은 봉당에 있었어요. 다실에서 물을 마시러 가려면 슬리퍼를 신어야 했지요. 그리고 그 봉당으로 이어지는 통로 아래로 개울물이 흐르고 있었어요. 개울은 우리 집 마당을 지나 옆집으로 흘러갔지요. 옆집도 우리 집처럼 낡았고, 나이 많은 엄마와 딸, 단 둘이 살고 있었어요.

처음에 나는 이 개울물에 정신이 온통 팔렸어요. 그렇게 맑은 물이 집 아래로 흐른다는 사실이 신기하고 즐거웠지요. 나는 툇마루에 걸터앉아, 몇 시간이나 물의 흐름을 쳐다보곤 했어요.

때로 누가 버렸는지, 죽어가는 금붕어 두세 마리가 잇달아 흘러와 나는 눈을 떼지 못했지요. 검은 바닥을 붉게 수놓은 얼룩무늬가 할 말을 잊을 정도로 예뻤어요. 저런 옷이 있었으면 좋겠다고 생각했지요.

뱀이 흘러오는 일도 있었어요. 근처에 산이 있었기 때문인지도 모르죠. 뱀은 물의 흐름에 몸을 맡기고 아주 시원스럽게 살아 있었어요. 무더운 지상에서 사느니 아마 이 물속이 행복할 거야, 하고 생각했죠. 다들 뱀을 싫어하니까 말이에요.

나는 개울물을 따라 흘러오는 것들에 푹 빠졌어요. 그리고 밤중에 졸졸졸 소리를 내며 흐르는 물이 더없이 사랑스러웠죠. 물이 혹시 살아 있는 게 아닐까 하는 생각도 했어요. 엄마가 아빠를 붙들고 이런 끔찍한 집에는 더 이상 못 살겠다면서 빨리 이사 가자고 부탁하는 소리를 들을 때면, 정말 엄마는 아무것도 모르네, 하고 꼴사납게 여기기도 했어요.

어느 날, 여느 때처럼 개울물을 바라보고 있는데, 예쁜 연보라색 꽃 한 송이가 떠내려왔어요. 나는 기뻐 날뛰며 툇마루에서 뛰어내려와 그 꽃을 잡으려고 했지요. 그런데 나는 아직 몸집이 그리 크지 않아 아무리 손을 뻗어도 닿지 않는 거예요. 나는 옆에 있던 마당 빗자루로 꽃이 떠내려가는 것을 막으려고 했어요. 하지만 그 빗자루마저 내게는 너무 무거웠어요. 순식간에 빗자루가 물속으로 떨어지고 말았지요. 나는 빗자루를 포기하고 꽃을 따라갔어요. 꽃은 울타리 밑으로 흘러 옆집으로 가버렸어요. 나는 울타리에 기대어, 여기저기에 부딪치면서 미끄러지듯 흘러가는 꽃을 아쉬운 마음으로 바라보았어요.

그때였어요. 하얀 손이 물속으로 쑥 들어가면서 내 꽃을 건져주었어요.

"젖었으니까, 옷 적시지 않게 조심하렴."

그렇게 말하면서 내게 꽃을 건넨 사람은 꽃보다 더 엷은 보라색 기모노를 입은 여자였습니다. 나는 잠시 그녀를 쳐다보았어요. 그 무렵 나는 이미 아름다운 것을 여러 가지 알고 있었지요. 그 여자는 정말 아름다웠어요. 새하얀 피부와 연보랏빛 기모노의 색이 어우러져 더없이 가련한 인상을 풍겼죠. 눈을 동그랗게 뜨고 빤히 쳐다보았으니, 정말 버릇없는 애로 보였을 거예요. 그런데도 그녀는 아련하게 미소를 지으면서 내게 눈으로 물었어요. 왜? 하고 말이죠. 나는 어쩌면 좋을지 몰랐지요. 지금 같으면, 이 꽃이 당신을 닮았다느니 어떻다느니 하는 상투적인 말로 칭찬하는 남자처럼 그녀의 관심을 끌 수 있었을 텐데 말이죠. 나는 어리고, 게다가 여자인데 한눈에 그녀에게 반하고 말았습니다.

"미요, 미요."

옆집 할머니의 목소리가 들렸어요. 눈앞에 있는 여자는 "네" 하고 대답하더니 내게 다시 한 번 웃어 보이고 집 안으로 들어갔어요. 손님이 온 모양이었어요. 화사한 웃음소리가 내 귀에도 들렸지요. 왠지 나 혼자만 따돌림을 당한 기분에, 나는 우리 집으로 돌아오고 말았습니다.

"엄마, 이 꽃."

나는 다실에서 차를 마시고 있는 엄마에게 아직도 젖어 있는 꽃을 내밀었어요.

"어머나, 도라지꽃이네. 올해는 빨리 피었나 보다."

"이게 도라지꽃이야?"

"그래. 우리 집에도 많잖아."

"거짓말. 난 한 번도 본 적 없는데?"

"아직 몽우리만 맺혀 있어서 그래."

자랑할 건 못되지만, 나는 그때까지 꽃에는 별 관심이 없었어요. 개울물에 관심을 가진 것도 바로 얼마 전 일인걸요. 나는 뒤돌아 마당을 보았어요. 파릇파릇한 풀들이 불쑥 내 눈으로 날아들었어요.

"와!!"

엄마가 놀라면서 나를 보았죠.

"왜 그러니?"

"우리 집에 나무하고 풀이 이렇게 많았네!"

엄마는 이상하다는 표정으로 내 얼굴을 보았어요. 별난 애를 낳았다는 표정이었죠. 그녀의 얼굴에 그런 후회가 어려 있는 듯했어요. 하지만 나는 개의치 않았죠. 마당으로 뛰어나가, 초목을 보고 듬성듬성 피어 있는 꽃을 따기도 했어요.

어항에 들어 있는 물풀 같은 잎이 잔뜩 달려 있는 식물 (나중에 코스모스라는 걸 알았죠)과 서양 분위기나 나는 국화(이 꽃은 마거릿이더군요) 옆에 얌전하게 죽 돋아 있는 도라지꽃을 발견했을 때는 나도 모르게 소리를 지를 뻔했어요. 줄기 꼭대기에 보라색 몽우리가 얼마나 많이 맺혀 있던지. 나는 살랑살랑 불어오는 바람에 흔들리는 그 꽃을 내 꽃으로 정했어요. 동그랗게 부푼 꽃망울에 보라색 핏줄처럼 보이는 줄이 죽죽 나 있었지요. 꽃잎이 억지로 한 군데로 모여 있는, 그런 느낌이었어요.

나는 초목 속에 있다가, 문득 옆집으로 눈길을 돌렸어요. 옆집은 우리 집과 달리 해묵은 나무들에 에워싸여 있었어요. 내가 옆집을 들여다볼 기회가 없었던 것은 그 울창한 나무들 탓이었는지도 모르죠. 우리 집과도 그다지 오가지 않고 조용히 사는 옆집 사람들 탓이었는지도 모르고요.

나뭇잎 사이로 옆집 툇마루가 보였어요. 그곳에 앉아 있는 여인의 모습을 보고 내 눈이 반짝거렸지요. 그녀 옆에는 한 남자가 서 있고, 웃으면서 무슨 얘기를 하고 있었어요. 남자는 정말 차림새가 말쑥했어요. 우리 아빠도 저랬으면 좋겠는데, 하고 나는 아빠의 푸석푸석한 머리를 떠올렸지요.

그때, 무릎을 꿇고 앉아 있던 그녀가 살며시 일어났어요. 나는 그만 소리를 지를 뻔했어요. 그 순간 남자가 그녀의 어깨를 껴안았으니까요. 난 그녀의 표정은 볼 수 없었지만, 아마 황홀해했을 거예요. 하얀 목덜미가 붉게 물들면서 기

모노의 색에 녹아들었어요. 나는 나도 모르게 도라지 꽃망
울을 손에 꼭 쥐고 있었어요.

저녁때가 되어 엄마가 부를 때까지 나는 그 자리에 서 있
었어요. 그러고는 아쉬움에 혀를 차면서 집 안으로 들어갔
지요.

"애, 이것 좀 할아버지께 갖다드리거라."

엄마는 할아버지를 위해 따로 준비한 음식을 쟁반에 담
아 내게 내밀었어요. 난 별채에서 지내는 할아버지에게 가
는 것을 죽기보다 싫어했어요. 그 옛날 나를 예뻐해주었던
할어버지와는 전혀 다른 사람 같아서요. 툭하면 버럭 화를
내고 제멋대로고. 게다가 가끔은 죽은 사람저럼 꼼짝도 하
지 않고 자거든요. 그런 할아버지를 보면 죽어가고 있다는
생각에 겁이 나요. 이런 꼴을 하면서까지 살고 싶지 않다.
나는 늘 그렇게 생각했어요.

별채까지 가는 것도 괴로운 일입니다. 요즘 들어 우리 집
마당이 아주 좋아지기는 했지만, 할아버지가 누워 있는 별
채에 갈 때면 나는 한 걸음 두 걸음 죽음에 다가가는 기분
이에요. 개울물이 졸졸졸 흐르는 소리도 볼을 어루만지는
바람도 소름이 끼칠 정도죠.

"할아버지, 저녁 드세요."

그렇게 소리를 지르면서 장지문을 열고 들어가 할아버지

의 머리맡에 쟁반을 내려놓았죠. 그랬더니 할아버지가 천천히 윗몸을 일으키고는 이렇게 중얼거렸어요.

"할미가 이제 나를 데리러 오려는 모양이다."

그 말을 듣고 나는 쏜살같이 달려 집으로 도망쳤어요.

"어, 엄마! 할아버지가 그러는데, 할머니가 데리러 온대!"

"어, 그러니."

엄마는 아주 태연한 표정으로 그렇게 말했어요.

"어, 그러니가 뭐야. 죽은 사람이 데리러 온다는 건 죽는다는 뜻이잖아."

"할아버지, 벌써 몇 년 전부터 그러시는걸, 뭐."

엄마는 별일 아니라는 듯이 말하고는 작은 접시에 아빠의 술안주를 담았어요. 나는 포기하고 식탁에 앉았어요. 엄마는 마음이 섬세한 사람이 아니야. 그런 느낌이 들었죠.

"엄마, 옆집에 사는 여자, 이름이 미요지?"

나는 밥을 먹다가 갑자기 생각이 나서 엄마에게 물어봤어요.

"어머, 네가 그걸 어떻게 아니?"

"오늘 그렇게 들렸으니까 알지."

"그러니? 그렇다고 사이좋게 지내면 안 돼."

"왜?"

"왠지 병자 같잖아. 얼굴이 하얘 가지고."

엄마는, 하고 생각했어요. 그런 사람을 아름답다고 하는 건데. 엄마는 내 말에 생각이 났다는 듯이 아빠에게 말했어요.

"당신, 오늘 어떤 남자가 왔던데, 그 남자가 그 사람일까?"

"글쎄."

아빠는 별 관심 없다는 듯이 맥주만 마셨어요.

"그 남자 때문에 쫓겨났을 거예요, 틀림없이. 돈도 꽤 많아 보이던데. 그 정도면 뒤를 잘 보살펴주겠지 뭐."

"어디서 쫓겨났는데? 그 언니가 뭘 잘못했어?"

나는 흥미진진하게 물어봤어요.

"언니라고 할 나이가 아니야. 엄마하고 비슷할걸. 시집갔다가, 그 집에서 쫓겨나서 다시 온 거야."

"정말? 안 믿긴다."

"그렇지?"

엄마는 내게 동의를 구하려는 뜻에서 그렇게 말했겠지만, 난 그 여자의 나이가 엄마와 비슷하다는 것이 안 믿겼어요. 그렇게 아름다운데 말이죠.

"소박을 맞아도 상관없지 뭐. 그렇게 괜찮은 남자가 돌봐주고 있으니."

"소박이 뭐야?"

"거 당신, 그만 하지그래. 남의 집 일이야."

아빠는 지겹다는 듯이 말했어요. 엄마와 나는 마주 보고 웃었지요. 아빠가 근엄한 표정을 짓고 안경 아래로 우리를 노려보았어요.

그날 밤, 개울물 소리를 들으며 잠이 든 나는 꿈을 꾸었어요. 도라지꽃이 개울물에 떠내려왔어요. 물이 그리는 곡선을 따라 줄기가 나긋나긋하게 휘면서 흘러왔어요. 나는 그 풍경을 보면서 행복에 젖어 있었지요. 마치 보라색 물감이 흘러오는 것처럼 보이는 순간, 도라지꽃이 그 여자로 변했어요. 물의 흐름에 따라 기모노 자락이 너울거리고, 여자는 마치 물고기처럼 흐르고 있었어요. 나는 그녀가 죽었다는 것을 금방 알 수 있었어요. 나는 흘러가는 그녀에게 넋을 잃은 채 개울가를 걸었어요. 그런데 어찌된 일일까요. 개울물이 할아버지가 누워 있는 별채로 이어져 있는 거예요. 내가 아연해하고 있는데, 장지문이 열리면서 할아버지가 얼굴을 내밀었어요. 그래서 꺅 하고 소리를 지르고 말았죠.

눈을 뜨자마자 벌떡 일어나 개울을 보러 갔어요. 물론 여자는 흐르고 있지 않았죠. 반딧불이가 서너 마리 날고 있을 뿐이었어요. 나는 안심하고 옆집 마당을 들여다보았어요.

그러고는 하마터면 또 소리를 지를 뻔했는데, 꾹 참았어요. 옆집 마당에서 그 여자와 남자가 서로를 껴안고 입을 맞추고 있는 거였어요. 지금 같으면 그 몸짓이 키스라는 것을 알 테지만, 그때는 둘이 서로의 입을 먹는 것처럼 보여서 겁이 나고 가슴이 두근거렸어요. 두 사람은 또 서로를 마주보고는 다시 입술을 맞추고, 여자는 남자의 가슴에 자신의 머리를 기대었어요. 무거워진 도라지 꽃망울. 여자의 머리가 내게는 그렇게 보였어요.

나는 살며시 울타리로 다가가, 두 사람의 모습을 지켜보았지요. 여자가 울고 있는 듯했어요. 정말 애절하게. 남자는 자신의 가슴에 기대어 있는 여사의 등을 천천히 쓰다듬었어요. 저 손이 없으면 여자는 쓰러질 거야. 그렇게 느껴졌죠. 하지만 꽃은 의외로 강하니까, 하는 생각도 들었어요. 흙만 있으면 아무리 가녀린 꽃이라도 꼿꼿하게 서 있을 수 있잖아요.

두 사람은 뭐라고 소곤소곤 말하더니 집 안으로 들어가 버렸어요. 그때서야 나는 내가 마당에 혼자 서 있다는 걸 알았지요. 별채에서 할아버지의 기침소리가 들렸어요. 나는 갑자기 무서워져서 사방을 돌아보았어요. 달빛과 반딧불. 그 빛에 드러난 초목에 나는 숨이 갑갑해졌어요. 달은 태양과 달라서 비추는 것 뒤로 그림자가 지지 않고 비추는 것 자체를 그림자로 만들어버리죠. 나는 집으로 달려갔어요. 나 자신이 커다란 그림자가 된 느낌이었지요. 그림자와 그림자가 겹치면서 어둠이 짙어진 마당이 그때만큼 무서웠던 적이 없습니다. 그 두 사람의 모습을 지켜보는 데 너무 열중한 탓에, 지금 그렇게 느껴지는지도 모르지요. 그곳은 어둠이 없는 장소였으니까.

다음 날 아침, 엄마는 개울에 빗자루를 떨어뜨렸다고 나를 꾸짖었지만, 밤중에 자다 말고 집을 빠져나가 옆집을 들여다보았다는 것은 눈치 채지 못한 듯했어요. 나는 안심하고 학교에 갔지만, 수업 중에 두 사람이 떠올라 안절부절못했어요. 그 여자를 만나고 싶다. 만나서 그 여자가 실체가 있는 사람인지 확인하고 싶다. 그렇게 생각하면서 수업이 끝난 후 같이 놀자는 친구를 뿌리치고 집으로 돌아갔어요.

엄마는 동네 아줌마와 길에 서서 얘기를 나누느라 내가 돌아온 것도 몰랐어요. 나는 책가방을 멘 채로 마당에서 옆집을 엿보았어요. 과연 그 여자가 있더군요. 내가 울타리 사이로 고개를 쑥 내밀자 조금 놀란 듯했지만, 방긋 웃으면서 내게로 다가왔어요.

"학교 끝났니?"

나는 고개를 끄덕였어요.

"그럼, 간식도 먹었고?"

나는 고개를 저었어요.

"엄마가 동네 아줌마하고 얘기하고 있는걸요, 뭐."

나는 입을 슬쩍 내밀고 그녀에게 어리광을 부렸어요. 그녀는 나의 어린애다움에 숨겨져 있는 교태를 순순히 받아들인 듯 사립문을 열면서 말했어요.

"괜찮으면 우리 집에 와. 누가 맛있는 복숭아를 갖다줬거든. 너 복숭아 좋아하니?"

나는 득의양양한 표정으로 고개를 끄덕였어요. 그녀가 내가 좋아하는 것을 권해서 뿌듯했던 것이죠. 그날 나는 처음으로 옆집에 들어가 봤어요.

여자는 큼지막한 복숭아를 담은 섭시와 포도주스를 들고 와서, 자기 이름은 미요라고 말했어요. 이름이야 진작 알고 있었지만, 나는 놀란 척하면서 친구 중에도 미요란 아이가 있다고 말했어요.

그날 미요 씨는 하얀 원피스를 입고 있었지만 내 눈에는 여전히 보라색 도라지꽃처럼 보였어요. 복숭아 껍질을 벗기는 손톱도 옅은 보라색으로 물들어 있었고, 포도주스를 마시려고 유리잔에 댄 입술도 천천히 보라색으로 물들었어요. 아무리 숨겨도 소용없어. 난 정체를 보고 말았으니까, 하고 나는 마음속으로 중얼거렸어요. 물론 그런 말은 하지 않았죠. 우리는 해도 별 지장이 없는 얘기만 나눴어요.

그날을 계기로 나는 옆집에 드나드는 일이 많아졌어요. 엄마는 역시 반기지 않았지만 나는 신경 쓰지 않았어요. 이때를 놓치면 미요 씨를 만날 기회가 없을 것 같아서(결국 현실이 되고 말았지만), 매일 울타리 부근에서 어슬렁거리고 개울물을 보는 척하면서 그녀가 나오기를 기다렸죠.

해질녘의 햇살이 그런 나를 비추었지요. 누가 뭐라고 하던 난 하루 중에 그 시간의 태양빛이 가장 양이 많은 듯했어요. 기다리다 지친 탓인지도 모르죠. 미요 씨를 기다리는 동안 나는 나무와 풀을 쓰다듬기도 했어요. 주위에 있는 식물들은 하루가 다르게 쑥쑥 자랐어요. 그것도 소리 없이 말이죠. 내 눈앞에서는 꼼짝도 하지 않던 꽃망울이 다음 날 활짝 피어 있는 것을 보면 나는 억울하고 분했어요. 시간이 흐르는 것처럼 그들도 움직이는 것이죠. 나만 성장하지 않는 것 같은 초조함을 느끼기도 했어요.

도라지 꽃망울도 점점 커졌어요. 나는 꽃망울이 피는 순간을 보기 위해서 늘 신경을 곤두세우고 있었죠. 저 꼭 닫혀 있는 꽃잎의 안쪽 공기가 어떻게 밖으로 밀려나오는지, 그게 보고 싶었어요. 하지만 그 시기는 좀처럼 오지 않았어요. 분함을 달래려 울타리로 눈길을 돌리면 가끔씩 미요 씨가 옆집 툇마루에 서서 이쪽에 손짓을 했어요. 나는 신이 나서 옆집으로 달려갔어요.

그날도 그랬어요. 나는 늘 똑같은 일을 했을 뿐이에요. 도라지 꽃망울이 먼저 필지, 미요 씨가 나를 먼저 부를지. 나는 마당에 서서 내 조그만 몸이 만드는 그림자를 해시계 삼아, 비슷하게 여겨지지만 다른 형태를 지닌 것을 기다렸어요.

도라지 꽃망울 끝이 어느샌가 살짝 벌어져 있었어요. 오늘은 꽃잎이 벌어지는 모습을 볼 수 있을 것 같다는 기분에 두근거리는 가슴을 억누를 수가 없어, 그 벌어진 틈새로 새끼손가락을 넣으려다가 실패하기도 했지요. 물론 미요 씨가 나를 볼지도 모르니까 옆집에 한쪽 의식을 집중하는 것도 잊지 않았어요.

그런데 꽃망울도 더 이상은 벌어지지 않았고, 미요 씨도 나를 불러주지 않았어요. 나는 점점 맥이 풀렸어요. 욕망이란 그렇게 쉽게 채워지지 않는 법이죠. 해가 기울어, 나는 그만 포기하고 집 안으로 들어가려고 했어요. 저녁을 먹기 전에 숙제를 해놓지 않으면 엄마가 또 화를 낼 테니까요.

나는 아쉬움에 도라지 꽃망울을 손가락으로 톡 치고는, 다시 한 번 옆집으로 눈길을 돌렸어요. 툇마루에서 언젠가 보았던 남자와 미요 씨가 마주 보며 웃고 있었지요. 하지만 지난번처럼 거리낌 없는 웃음소리는 들리지 않았어요. 나는 살며시 울타리 곁으로 다가가 두 사람을 쳐다보았어요.

미요 씨는 후후 하고 웃으면서 남자의 손에 뭘 붙이고 있었어요. 남자는 조금 겁이 난 것처럼 난감한 표정을 지으면서도 웃고 있었지요. 뭘 붙이고 있는 거지. 나는 몸을 약간 앞으로 내밀고 지켜보았어요. 그리고 그 순간, 왠지 이상한 기분이 들었어요.

그녀가 남자의 손에 붙이고 있는 것은 스티커였어요. 지금은 우리 사이에서도 불결하다 여겨지는 탓에 유행하지 않는, 구멍가게에서 파는 스티커 사진이었어요. 미요 씨는 여자 그림이 그려진 요란스러운 색상의 조그만 그림에 침을 발라 살에 붙였다가 종이를 떼어내면 문신처럼 피부에 그림이 남는 스티커를 남자의 손등과 팔에 칙칙 붙이고 있었어요.

미요 씨는 혀를 쑥 내밀고 날름 침을 묻히고는 남자의 손을 잡았어요. 얼마 전까지 굳이 그러지 않아도 그녀의 혀는 남자의 입을 만졌었는데. 나는 겁이 났어요. 그날 밤, 그림자가 한꺼번에 나를 덮쳤을 때처럼 무서워서 도망치고 싶었어요. 그런데 발이 움직이지 않았어요. 아니, 발이 움직이지 않은 게 아니라 그들을 보고 있는 내 눈이 움직이려 하지 않았어요.

해가 지고 공기가 파르스름하게 물들기 시작했어요. 미요 씨가 핥아대는 스티커는 침을 쭉 늘어뜨린 채 무슨 딱지처럼 남자의 피부에 색을 입히고 있었죠. 그런데 끝내 남자가 더 이상은 참지 못하겠다는 듯 미요 씨의 손을 뿌리쳤어요. 나는 험악한 그 행동에 막 화가 났어요. 미요 씨가 그후에 훌쩍훌쩍 울기 시작했기 때문이죠. 나는 정확한 이유는 모르지만, 어떤 불행을 예감했어요.

남자는 앉은 채 아무 말도 하지 않았어요. 해가 져서 어둑어둑한데, 남자의 팔이 미요 씨의 침 때문에 젖어 있다는 걸 알 수 있었어요. 나는 불안했어요. 왠지 미요 씨가 남자의 팔에 베껴진 듯한 기분이었어요. 그 정도로 엎드려 흐느끼는 여자의 모습이 허망하게 보였죠.

다음 날, 아빠와 엄마가 시끌시끌하게 얘기하는 소리 때문에 잠에서 깼어요. 죽음이란 단어가 귀로 날아들어, 나는 드디어 할아버지가 돌아가셨구나, 하고 생각했지요. 그리고 할아버지의 죽음은 너무도 당연한 일 같아 다시 눈을 감았어요.

그리고 엄마가 아침을 먹자고 하고는, 할아버지께 갖다 드리라고 죽 그릇이 담긴 쟁반을 내밀 때는 정말 놀라고 말았어요.

"할아버지, 돌아가신 거 아냐?"

엄마가 무슨 뚱딴지 같은 소리냐는 표정으로 나를 보았어요.

"무슨 소리야? 펄펄 살아 계신데."

"그럼 누가 죽은 거야?"

"옆집 딸. 참 어이없는 일이지. 하기야 너하고는 아무 관계도 없지만. 얼른 갖다드려라. 아까부터 배고프다고 야단이셔."

나는 얼이 빠진 듯 멍한 채 쟁반을 받아들고 별채로 갔지요. 믿기지 않는 것은 아니었어요. 나는 미요 씨가 오래지 않아 죽을 것이라고 예감했던 것 같아요. 하지만 엄마는 처자식이 있는 사람인데 어쩌겠어, 라고 하잖아요. 나는 기운이 쭉 빠졌어요. 지금 내가 쟁반을 들고 가는 장소야말로 죽음이 서식하는 곳이라고 생각했으니까요. 그런데 그렇지 않다니.

나는 미요 씨의 얼굴을 떠올렸어요. 복숭아를 먹으라고 건네던 그녀의 우아한 몸짓과 남자의 포옹에 발갛게 물들었던 목덜미. 그때서야 나는 비로소, 보물 같은 순간을 내 마음에 선사해주었던 소중한 사람을 잃어버렸다는 것을 깨닫고 눈물을 흘렸어요.

"할아버지! 아침 드세요!"

느릿느릿 일어나는 할아버지의 기척이 느껴졌어요. 나는 문득 마당을 돌아보았죠. 어제까지 꽃망울만 맺혀 있었던 도라지꽃이 활짝 피어 있었어요. 어떻게 된 일일까요. 나는 미요 씨의 마지막 관심을 얻지도 못했고, 그렇게 기다렸던 도라지꽃이 피는 순간도 지켜보지 못했어요.

할아버지에게 아침식사를 드린 후, 나는 도라지꽃을 몇 송이 땄어요. 어차피 금방 시들어버리겠지요. 흙이 없는 식물은 이내 죽어버리니까요.

엄마가 마당에 서서 마냥 우는 나를 또 혼내러 오겠지요. 하지만 내 눈에는 개울물을 따라 흘러가는 미요 씨의 모습 밖에 보이지 않았어요.

# 피는 물보다 강한가?

"핏줄이 같으면 진짜 화를 내지만, 같은 핏줄이 아니면
화해를 할 수 없으니까 진짜로 화를 내지는 않는 거야."

내가 남녀 사이란 동화 속 이야기처럼 순조롭시 않다는 것을 깨달은 것은 초등학교 4학년 때였습니다. 나는 연인처럼 늘 사이가 좋은 부모님을 보고 컸기 때문에 그 전까지는 남자와 여자는 의외로 단순하게 맺어지나 보다고 우습게 여기고 있었죠.

일상에서 벌어지는 사소한 일을 가지고 말다툼을 하고, 어린 내게도 별것 아닌 이유를 가지고 서로를 질투하고, 그런가 하면 세상이 다 끝나기라도 한 것처럼 티격태격거려 아이에게 절망을 안겨주고는 하룻밤 자고 나면 언제 그랬냐는 양 서로를 칭찬하고. 그러니까 우리 엄마와 아빠는 식빵이 알맞게 구워졌는지 홍차가 적당히 우러났는지, 그런 일상의 사소한 일들이 아니면 말다툼을 벌이지 않는 태평한 남녀였습니다.

처음에는 물론 많이 당황했죠. 아빠와 엄마가 다투기 시작하면, 두 살 아래인 여동생과 나는 2층으로 올라가 대책회의를 열었어요. 둘이 헤어지면 어느 쪽을 따라갈까, 우리가 따로 살게 될 경우, 지금까지 같이 갖고 놀았던 장난감은 어떻게 해야 하나. 어린애들에게는 중요한 문제인 그런 일들을 심각하게 의논했지요.

"언니, 난 역시 엄마 따라갈 거야. 아빠는 머리도 잘 못 감겨주잖아."

"그럼 나는 아빠하고 살란 말이야? 싫어, 나도. 아빠는 팬티하고 양말 벗어서 아무 데나 그냥 놔두잖아. 그걸 또 내가 집어서 빨래통에 넣어야 되고."

"그래도 아빠는 부자잖아."

"하긴 그렇다. 그럼 유미는 엄마하고 가난하게 살겠네. 너 신문 배달이라도 해."

"내가 어떻게?"

우리는 그런 얘기를 나누면서 절망에 한껏 젖어 있었지요. 세상이 허망하다면서 눈물을 글썽거리고, 새삼 자매애를 강조하면서 손을 꼭 잡고 잠들었어요.

그런데 말이죠. 다음 날 아침, 우리가 살금살금 식탁에

다가가 보면 아빠가 싱글벙글거리면서 홍차를 따르고 있는
거예요. 엄마는 콧노래를 흥얼거리면서 감자를 볶고 있고
말이죠. 우리는 서로에게 눈짓하면서 의자에 앉죠. 그리고
아침식사 반찬이 평소와 조금 다르다는 것을 알게 돼요.

"아빠만 아침부터 고기야?"

내가 이상해서 엄마에게 그렇게 묻자, 동생이 투덜거리
기 시작했어요.

"나도 고기 먹고 싶단 말이야."

아빠는 머쓱해서 아무 말도 못하고 입을 우물거렸어요.
엄마는 여전히 흥이 난 표정으로 식빵에 버터를 바르면서
말했어요.

"아빠는 특별하잖아. 우리 집 기둥이고. 자, 너희들은 빵
먹어."

"나빴다. 엄마는 아빠 편만 들고, 나도 고기 먹고 싶다
고."

"아빠는 중요한 사람이니까 고기 먹고 힘내야지. 아이들
은 소화 잘 되는 거 먹어야지, 안 그러면 배탈 나."

그런 게 어딨어. 나는 홍차를 마시면서 마음속으로 투덜
거렸어요. 사실 나는 아침부터 고기를 먹고 싶은 마음은 없
었어요. 배가 더부룩해서 조회시간에 속이 메슥거릴 게 뻔
하니까요. 하지만 마음속에서는 짜증이 부글부글 끓고 있

었어요. 웃기는 것도 정도가 있지! 나는 그렇게 생각했어요. 어젯밤에는 헤어지느니 어쩌느니 고함을 지르고 싸운 주제에, 하룻밤 자고 나더니 태도가 싹 바뀌어서 우리 집 기둥이다 뭐다, 자존심은 조금만치도 없나 봐. 하기야 나도 하룻밤의 잠에 무슨 비밀이 숨어 있다는 것쯤은 어슴푸레 알고 있었지요.

"유미, 엄마는 아빠 편이니까 우리가 뭐라고 해봐야 소용 없어."

나는 그렇게 내뱉고는, 토라져 있는 동생을 끌고 학교에 갔어요.

이렇게 나는 별것도 아닌 날나뭄을 하고 나면 전보다 더 사이가 좋아지는 앞뒤가 맞지 않는 엄마 아빠 밑에서 자랐습니다. 그러니까 남자와 여자는 아주 쉽게 맺어진다고 우습게 여긴 것도 그럴 만하지요. 나는 점차 엄마 아빠가 티격태격 다퉈도 뭐라 관여하지 않게 되었어요. 불안해하는 동생의 어깨를 껴안고 이렇게 말하기도 했지요.

"괜찮아, 유미. 저 사람들은 하룻밤만 지나면 전보다 더 사이가 좋아지니, 그냥 재미로 싸우는 거야, 재미로."

"그럼 재미로 싸우는데, 소리는 왜 질러?"

나는 잠시 할 말을 잃었어요.

"그건 말이지, 음, 엄마하고 아빠는 같은 핏줄이 아니라서 그럴 거야. 거기에 비밀이 있는 것 같아."

"뭐라고!"

"핏줄이 같으면 진짜 화를 내지만, 같은 핏줄이 아니면 화해를 할 수 없으니까 진짜로 화를 내지는 않는 거야. 아빠하고 엄마 싸움은 그냥 연기야, 연기."

"정말?"

나중에 알았는데, 동생은 연기가 무슨 말인지 몰랐다는군요. 이렇게 모순으로 가득한 가정이었지만, 내게는 참 편안했어요. 그 편안함이 어디에서 오는 것인지는 어린 내가 알 리 없었지만요.

나와 동생은 그렇게 마음 편하게 하루하루를 즐기면서 컸어요. 옆집에도 마리코와 메구미란 이름의 자매가 있었어요. 마리코 언니는 나보다 나이가 한참 많아서 같이 노는 일이 없었지만, 메구미는 세 자매처럼 우리와 친하게 지냈어요. 토요일 밤이면 부모님 허락을 받아서 어느 한 집에 모여서 자는 일도 많았어요. 메구미는 우리 집에서 자고 싶어했고, 우리는 옆집에서 자고 싶어했지요. 역시 남의 집에서 보내는 밤은 자극적이었어요. 메구미가 우리 집에서 자는 밤에도 여전히 엄마 아빠는 말다툼을 했고, 그러다 금방 화해를 하고는 둘이서 산책하러 나가거나 창가에서 별을 올려다보니까, 나는 낯이 뜨거워서 어쩔 줄을 몰랐어요.

"미사미네 집, 좀 신기하다."

메구미가 우리 부모님을 쓱 곁눈질하면서 그렇게 말했어요.

"역시 너도 그렇게 생각하니?"

"응, 우리 엄마 아빠는 말을 많이 안 하거든."

나는 늘 덩치 큰 개와 산책을 하는 메구미의 아빠를 떠올렸어요. 그는 아주 조용한 사람이었어요. 우리 아빠처럼 아무나 보는 데서 머쓱해하고 토라지고, 그럴 사람 같지 않았어요. 내가 인사를 하면 입술 끝을 일그러뜨리듯 미소를 짓고는 고개만 살짝 숙였어요.

"메구미네 아빠는 개 좋아하지?"

"응, 엄마보다 개가 더 좋은가 봐. 늘 치로만 데리고 산책해."

"좋잖아. 우리 아빠는 집에 있을 때는 늘 엄마 곁에 붙어 있다니까."

내가 우리 엄마 아빠 얘기를 하자 메구미는 열심히 귀를 기울였어요.

"귀엽잖아. 마사미네 엄마 아빠."

나는 그런가, 하고 생각했지요. 그들은 늘 내가 만든 부모라는 정의에서 빗나간 행동을 하니까, 조금은 성가신 존재였어요. 고개를 갸우뚱하고 있는 내게 메구미는 몇 번이나 중얼거렸어요.

"좋겠다, 너네는."

그런 메구미가 어느 날, 우리 집으로 뛰어왔어요. 겨울날의 추운 저녁이었지요. 그때 나는 고타츠에 발을 집어넣고 책을 읽고 있었어요.

"크, 큰일났어, 마사미. 우리 집에 좀 와봐. 빨리, 빨리."

나는 뜨개질을 하고 있는 엄마에게 말하고 옆집으로 달려갔어요. 메구미가 두 볼을 발갛게 물들이고 내게 말했어요.

"너, 너무 큰 소리 내면 안 돼."

나는 고개를 끄덕이고 집 안으로 들어갔어요. 거실에 이부자리가 깔려 있었어요. 이상한 일이다 싶어서 이부자리 안을 들여다본 나는 그만 놀라서 소리를 지르고 말았어요. 갓 태어난 아기가 이부자리 속에서 새근새근 자고 있는 거예요.

"굉장하지?"

메구미가 나를 돌아보며 물었어요. 나는 어디서 나왔는지 모를 갓난아기에 너무 놀라 그 자리에서 꼼짝도 못하고 있었어요. 언니인 마리코가 이부자리 옆에 철퍼덕 앉아 아기의 볼을 손가락으로 쿡쿡 찔렀어요.

"어떻게 된 거니?"

"엄마가 데려왔어. 우리 동생이래. 아, 하품했다. 귀엽지? 정말 귀엽지?"

동생? 좀 이상했어요. 메구미네 엄마가 이삼일 집을 비운 건 사실이지만, 이삼일 사이에 아기를 만들어 데리고 올리는 없잖아요. 그리고 나는 배가 산만큼 부른 아줌마를 본 기억이 없는걸요. 그런데 아무것도 모르는 메구미는 그저 좋아서 들떠만 있었어요.

"얘, 너희들 좀 비켜. 우유 먹여야지."

부엌에서 아줌마가 분유를 타 가지고 왔어요. 나도 모르게 아줌마의 안색을 살폈는데, 아줌마는 아주 자연스럽게 아기를 안아 올리더니 우유를 먹이기 시작했어요.

"아줌마, 애 누구예요?"

"누구긴, 메구미 동생이지."

"아줌마가 낳은 거 아니잖아요."

아줌마는 아기를 어르던 손길을 잠시 멈췄다가 금방 생글거리면서 나를 보았어요.

"아무렴 어때. 오늘부터 우리 아이야, 얘."

"엄마, 나도 동생 있었으면 했어."

"그럼 잘 됐네."

마리코 언니는 미소를 지으면서 메구미와 아줌마의 얘기를 듣고 있었어요. 온 집 안에 우유냄새와 함께 행복이 떠다니고 있었어요. 제삼자인 내가 뭐라 끼어들 수 없는 분위기였지요. 행복하면 됐지, 뭐. 나는 마주 보며 미소 짓는 세 여자를 남겨놓고 집으로 돌아왔어요.

"엄마, 옆집에 갓난아기 있더라."

"어머나, 그러니?"

"그러니가 뭐야? 아줌마가 낳은 애도 아닌데, 왜 메구미 동생이라는 건지 모르겠어."

"무슨 상관이니. 동생이 있었으면 했다면서. 여자애들 셋이서 오순도순 재미있겠네, 뭐."

나는 엄마도 뭔가를 숨기고 있다는 느낌이 들었어요. 나는 나이는 이래도 갖가지 책을 읽어, 다리 밑에서 갓난아이를 주워온다는 얘기는 새빨간 거짓말이라는 것을 알고 있었어요. 임신하지 않은 여자가 아이를 낳을 리 없다는 것도 알고 있었고요. 어른들이 우리를 속이고 있다!! 나는 입술을 깨물었어요. 이런 엉터리 같은 일이 어딨어. 하지만 아무도 그 모순을 지적하려 하지 않았어요.

"언니, 메구미네 아기 보고 왔지?"

"응."

"좋겠다. 나도 동생 있었으면 좋겠다."

"그 아기, 메구미 동생 아니야."

"왜? 앞으로 같이 산다면서. 그럼 동생이잖아. 언니는 동생 더 있는 거 싫어?"

"응."

"왜? 나만 있으면 돼?"

"시끄러워. 넌 다리 밑에서 주워온 아이라고."

동생이 앙 하고 울음을 터뜨렸어요. 나 역시 자신도 모르게 내뱉은 말에 충격을 받았지요. 주워온 아이야, 옆집 아기. 어떡하지, 버려진 아이였어.

엄마가 동생이 우는 소리를 듣고 우리에게로 달려왔어요.

"엄마, 언니가 나더러 주워온 아이래."

"넌 동생한테 그게 무슨 소리니."

"미안, 미안. 유미, 장난이야."

나는 어깨를 축 늘어뜨리고 말했어요. 그렇게 풀이 죽은 내 모습에 엄마가 느끼는 게 있었는지 내 어깨를 꼭 껴안고 이렇게 말했어요.

"유미는 엄마가 낳은 아이지만, 마사미, 길거리에 버려진 아이든 주워온 아이든 아이는 다 똑같은 아이야. 앞으로 그런 일로 누굴 놀리면 마사미는 엄마 딸 아니다, 알겠지?"

나는 고개를 끄덕였어요. 그리고 마음속으로, 그런 말을 하는 우리 엄마도 꽤 괜찮은 사람이라고 생각했지요. 그건 그렇고, 옆집 아기 어디서 주워왔을까. 나는 그 생각에만 사로잡혀 있었어요.

그 갓난아기는 히로코란 이름으로 건강하게 자라났어요. 마리코 언니와 메구미는 어디선가 불쑥 나타난 동생을 정말 귀여워하는 것 같았어요. 아줌마도 행복해 보였고요. 나는 별다른 이유없이 안심하면서도 풀리지 않는 의문을 품은 채 간혹 옆집을 들여다보곤 했지요.

그러던 어느 날이었어요. 아기의 웃음소리가 들려서 나도 얼러주고 싶은 심정에 옆집과 우리 집을 오락가락하고 있었지요.

메구미네 아빠가 덩치 큰 개를 데리고 막 집을 나서려는 참이었어요. 아줌마는 툇마루에 아기를 안고 서 있었고요. 나는 뭐라고 말을 걸려다가, 아줌마가 맨발로 마당으로 내려오기에 깜짝 놀라 말을 삼켰어요. 아줌마의 얼굴이 새파랗게 질려 있었던 탓도 있지요. 그녀가 떨리는 목소리로 말했어요.

"어쩔 수 없잖아. 어쩌라는 거야. 나도 괴롭다고. 가끔은 이 아이를 내던져버리고 싶다고."

"그만 하지그래. 데려오겠다고 한 사람은 당신이야."

"그럼 어떡해. 거기다 놔두면, 당신이 그 여자하고 관계를 끊지 않을 텐데. 그런 거 난 못 참아!!!"

아줌마는 히로코를 안은 채 엉엉 울었어요. 메구미의 아빠는 울부짖는 아줌마에게서 도망치듯 개의 목줄을 잡아당기며 얼른 밖으로 나갔어요.

놀란 것은 나였어요. 집으로 뛰어들어갈 틈도 없이, 옆집에서 나온 아저씨와 딱 마주치고 만 거예요.

"아, 안녕하세요."

아저씨는 마치 뒤통수라도 맞은 듯한 표정으로 나를 쳐다보았죠. 그는 내가 아는 조용한 남자의 모습이 아니었어요. 미간을 잔뜩 찌푸리고 입을 꽉 다문 그는 더 이상 아빠라는 종류의 인간으로 보이지 않았어요. 그리고 아저씨는 나를 피해 개와 함께 달려갔어요. 나는 그 뒷모습을 보면서 모든 의문이 풀리는 것을 느꼈어요. 저 사람은 우리 아빠와는 다른 사람이다. 그렇게 생각했죠. 아침에 홍차를 마시면서 별것 아닌 일로 말다툼을 하는 남자는 저렇게 달리지 않죠. 뭐라 설명하면 좋을까요. 그는 텔레비전이나 내가 좋아하는 소설 속에서 치정에 얽힌 소동을 일으키는 그런 남자의 뒷모습을 하고 있었어요.

나는 터벅터벅 집 안으로 들어갔어요. 엄마가 부엌에서 도넛을 튀기고 있었어요. 나는 부엌에 가서 달콤한 도넛 냄새를 한껏 들이마셨어요.

"엄마, 나 이거 먹어도 돼?"

"좀 기다려, 설탕 뿌려줄 테니까."

나는 손가락에 온통 설탕을 묻히고 아직도 뜨거운 도넛을 한 입 베어 물었어요. 그리고는 방금 전에 본 옆집의 풍경을 어슴푸레 떠올렸지요. 평생 한 우물만 파기는 쉽지 않지. 도넛을 열심히 튀기고 있는 엄마의 이마에 땀방울이 송골송골 맺혀 있었어요. 나는 이 집에서 나를 편안하게 하는 것이 무엇인지, 그 존재가 막연하게나마 모습을 드러낸 듯한 기분이 들었어요.

그 후 중학교에 들어간 나는 이래저래 바쁜 탓에 옆집과 우리 집의 차이점에 대해서는 더 이상 생각하지 않게 되었어요. 동아리 활동이며 처음 하는 연애 때문에 남의 일에 신경 쓸 틈이 없었지요. 그리고 내가 걱정하지 않아도 히로코는 쑥쑥 자라 유치원에 들어갔어요. 그 모습을 보면서 나는 문득, 언제 그녀가 비밀을 알게 될까 하고 생각도 했는데, 마리코 언니와 메구미는 그녀를 진짜 동생으로 여기는 듯했어요. 아줌마도 그랬고요. 어느 모로 보나, 히로코는 진짜 딸이었어요.

그러던 어느 날의 일이었어요. 동생이 내 방에 들어와 이렇게 물었어요.

"언니, 히로코 있잖아. 아줌마 진짜 딸 아닌가 봐."

책상에 앉아 좋아하는 남자애에게 편지를 쓰고 있던 나는 깜짝 놀라서 뒤돌아보았어요. 유미는 정말 알 수 없다는 표정으로 서 있었지요. 그 모습이, 그 사실을 알았던 날의 나처럼 뒤숭숭해 보였어요.

"너도 알고 있었니?"

"그럼, 다들 알고 있는 거야?"

"글쎄. 하지만 유미, 그런 건 하나도 중요하지 않아. 히로코가 어디에서 태어났는지는 아무 상관없어."

"알았어."

그리고 유미는 말을 해야 하나 말아야 하나 망설이는 것 같더니 이렇게 말했어요.

"얼마 전에 봤는데, 옆집 아줌마가 히로코에게 과자를 주면서 그러는 거야."

"뭐라고?"

"아줌마가 허리를 구부리고 히로코 어깨에 손을 올려놓더니, 눈높이를 딱 맞추고 가만히 쳐다보면서 이러는 거야. 히로코, 너는 먹고 싶을 때 얼마든지 간식 먹어도 돼. 어떤 일을 해도 혼내지 않을 거니까 괜찮아. 갖고 싶은 것도 다 사줄게. 너는 우리 집 애가 아니니까. 이런 말을 몇 번이나 계속해서, 아주 지겹도록 하더라니까."

"그래서, 히로코는 어쨌는데?"

"그냥 과자를 두 손에 들고 웃으면서, 고마워 엄마, 라고 그랬어. 몇 번이나. 전혀 의미를 모르는 것 같던데."

나는 그 순간, 등줄기가 서늘해지는 것을 느꼈어요. 히로코가 언제 그 말의 뜻을 알게 될까요. 그리고 그때 그녀는 무슨 생각을 할까요. 따끈따끈한 물 같았던 집 안이 분명하게 윤곽을 드러낼 때, 그녀는 모든 것이 허구였다는 것을 알게 되겠지요.

"유미, 너 그 말 아무한테도 하면 안 돼."

"말 안 해. 그런데 어쩌면 마리코 언니랑 메구미 언니는 아는지도 몰라. 그 언니들, 자기들끼리는 툭하면 싸우는데, 히로코에게는 굉장히 친절하잖아."

"그거야, 제일 어리니까 그렇겠지."

"그럴까? 그래도 언니가 전에 그랬잖아. 같은 핏줄이 아니면 화해할 수 없으니까 진짜로 싸우지 않는다고. 그러니까 아빠하고 엄마도 화해할 수 있을 정도로만 싸운다고."

"내가 그랬어?"

"잊어버렸어? 머리 되게 나쁘다, 언니."

나는 아무래도 어렸을 때에 더 심각하게 뭔가를 생각했나 봐요. 실제로 지금 쓰고 있는 편지, 허걱! '이유는 없지만 너를 좋아해.' 그런 말로 쓰기 시작했어요. 이유를 설명하는 게 순서인데. 나는 머리를 감싸 쥐었어요.

"그래도 언니, 지금 당장은 히로코 아무것도 모르니까 괜찮겠지? 그런데 어디서 데리고 왔을까? 언니는 알아?"

나는 고개를 옆으로 저었어요. 하지만 머릿속에는 그날, 울면서 맨발로 마당으로 뛰어내려 왔던 옆집 아줌마의 모습이 선명하게 떠올랐지요. 내던지고 싶다고. 아줌마는 그렇게 말했어요. 그런데도 안고 있는 히로코를 품에 꼭 껴안았지요. 어쩌면 히로코가 아줌마의 품에 매달렸는지도 모르겠어요. 그때 이럴 수도 저럴 수도 없었던 원망이 지금 동생이 말한 형태로 나타났는지도 모르죠.

"나도 남의 집 자식이면 엄마에게 잔소리 안 들으려나."

유미가 아무 생각 없이 그렇게 중얼거렸어요. 나는 갑자기 그녀가 얄미워져서, 머리를 휙 잡아당겼어요. 동생은 옛날처럼 울지 않고 나를 때렸어요. 둘이 엉겨붙어 싸우면서 방 안을 뒹구는데, 밑에서 엄마가 싸우지 말라고 버럭 소리를 질렀어요.

그로부터 이삼일 지나, 히로코가 갑자기 없어졌어요. 메구미가 알려주었어요. 걱정이 된 우리 가족도 히로코를 찾으러 나섰어요. 공원과 강가, 유치원 등 그녀가 갈 만한 곳은 모두 찾아보았지요. 하지만 히로코는 아무 데도 없었어요. 히로코를 봤다는 사람도 없었고요.

옆집 아저씨도 연락을 받고 헐레벌떡 집으로 돌아왔어요. 아저씨가 아줌마에게 고함을 질러대는 소리가 우리 집까지 들렸어요.

"어떻게 된 걸까, 언니. 벌써 저녁때인데. 유괴된 건가."

"그런 이상한 소리 하지 마!!"

엄마가 동생을 혼냈어요. 나는 불길한 예감이 들었어요. 혹시 히로코가 자신의 진짜 집을 찾아간 것은 아닐까. 하지만 히로코에게 진짜 집은 없지요. 태어나자마자 옆집으로 왔으니까요. 나는 왠지 옆집 아저씨가 미웠어요. 모든 것이 그 사람 탓이야. 히로코의 친엄마가 원인을 만든 거라고. 왜 그런 짓을 했을까. 거기까지 생각하다가 문득 아줌마의 얼굴이 떠올랐어요. 어쩌면 아저씨가 어느 한때, 아줌마가 아니라 히로코의 엄마를 선택했던 것은 아닐까. 아저씨가 아줌마를 싫어했던 거다. 왜? 아줌마가 아저씨가 싫어할 일을 했나. 그렇다면 아줌마에게도 책임이 있다는 뜻인가? 아아, 모르겠다. 그리고 나의 뇌리에 밤길을 터벅터벅 걸어오는 히로코의 모습이 스쳤습니다. 아무튼, 그 어린애에게는 아무런 책임도 없어. 나는 누구를 미워하면 좋을지 정말 알 수가 없었어요. 굳이 말하자면, 일을 복잡하게 만든 어른들의 세계에 이 답답하고 짜증나는 마음을 다 쏟아버리고 싶은 심정이었어요.

히로코! 히로코!

우리는 히로코의 이름을 큰 소리로 부르면서 온갖 곳을 다 찾아보았지만, 헛수고였어요. 기운이 다 빠져서 집으로 돌아왔을 때, 해는 완전히 저물어 있었어요.

아줌마는 새파랗게 질린 얼굴로 아무 말이 없었어요. 마리코 언니는 너무도 걱정스러운 나머지 울음을 터뜨린 메구미의 등을 쓰다듬어주고 있었어요. 아저씨만 고개를 푹 숙인 채 우리 엄마에게 고맙다는 인사를 하고, 조금 더 기다려보다가 그래도 오지 않으면 경찰에 신고할 생각이라고 했어요.

바로 그때였어요. 경찰 아저씨의 손을 잡고 히로코가 돌아온 것은. 우리는 안도감에 후 하면서 가슴을 쓸어내렸지요. 경찰 아저씨의 얘기를 들으니, 히로코가 강을 따라 옆 동네까지 걸어갔다고 해요.

"그런데 말이죠, 여러분."

경찰 아저씨는 참 이상한 일이라는 듯이 그때의 상황을 설명해주었어요.

"날이 어둑어둑해졌는데 이 아이가 강가에다 뭘 묻고 있기에 가서 물어보았습니다. 그랬더니 먹을 거라고 하더군요. 놀라서 보니까, 과자였어요. 그리고 다른 데에다가도 많이 숨겨놓았다고 하더군요. 도대체 어떻게 된 일인지, 아무튼 들개들이 모여들 수도 있으니까 조심해야 할 것 같아서……."

우리는 모두 히로코의 얼굴을 뚫어져라 쳐다보았어요.

히로코는 고개를 숙인 채, 발끝으로 땅을 차고 있었어요.

"히로코, 어떻게 된 일이니? 이렇게 다들 걱정하고 있는데. 옆집 아저씨하고 아줌마까지 나서서 찾아다니셨다."

아저씨가 히로코의 어깨를 잡고 흔들면서 말했어요. 히로코는 고개를 들고 힐금 우리를 쳐다보고는 대답했어요.

"나 어른 돼서 먹을 거 없으면 싫어. 지금 숨겨두면 나중에 배고파도 괜찮잖아."

아저씨는 할 말을 잃은 채 히로코를 그저 쳐다만 보았어요. 그때였어요. 아줌마가 아저씨를 휙 밀쳐내더니 히로코를 껴안고 엉덩이를 때리기 시작했어요. 히로코는 엉엉 하고 울음을 터뜨렸지요. 그런데도 아줌마는 그만두지 않았어요.

"얘가, 얘가, 얼마나 걱정했는지 알아! 너네 집에 얼마든지 먹을 거 많잖아!!"

아줌마도 끝내 울음을 터뜨렸어요. 히로코도 더 큰 소리로 엉엉 울었어요. 경찰 아저씨는 난감해서 어쩔 줄을 몰라 구원을 청하듯 두 가족을 두리번거렸지요. 하지만 누구 하나 아줌마를 막으려 하지 않았어요.

# 불꽃놀이를 즐기는
## 색다른 방식

"가슴이 두근거리는 것은,
무의식적으로 몸이 그 남자를 원하기 때문이야."

우리 언니는 여름휴가에도 집에 내려오지 않아 부모님에게 걱정을 끼치고 있습니다. 다니던 회사는 벌써 그만두고, 밤에 클럽에서 일하고 있다네요. 그런 소식을 당당하게 전하니까 부모님들은 미칠 지경이지요. 언니는 재수를 하면서까지 도쿄에 있는 일류대학에 들어갔으니까요. 호스티스 노릇이나 하라고 대학에 보낸 게 아니라고 아빠가 화를 내는 것도 당연하지요. 식사를 끝내고 차를 마시면서 언니를 걱정하는 부모님의 모습을 보면 내 가슴도 따끔따끔 아파옵니다.

나는 언니가 그 모양이라서, 부모님을 생각해 지방대학의 교육학부에 들어갔습니다. 나 스스로 현명한 선택이었다고 생각하지요. 부모님에게 걱정을 끼치는 것은 귀찮은 일이거든요. 우리 언니, 정말 속수무책이에요. 하지만 나는 집에서 한가하고 충만한 시간을 보내고 있습니다.

어느 날, 엄마가 내게 이런 부탁을 하더군요.

"애야, 너 언니가 도쿄에서 어떻게 살고 있는지 좀 보고 와야겠다. 어젯밤에 아빠하고 의논해봤는데, 결혼도 하지 않고 그렇게 헬렐레거리는 네 언니를 어떻게 좀 해야겠어."

나는 짜증이 났습니다. 여름 방학 동안의 생활 리듬이 완벽하게 자리를 잡았는데, 그 먼지 많은 도시로 가야 한다니. 나는 충만한 생활이 어떤 것인지 잘 압니다. 그리고 보통 젊은이들처럼 밤에 놀러 나가거나 유행히는 옷 따위에는 별 관심이 없지요.

아침이면 이슬에 젖은 풀을 밟으며 산책을 하고, 저녁나절에는 시원한 정종을 마시면서 생각에 잠기고, 때로는 교지로 오빠와 맛난 음식을 먹으러 가고. 이런 여름의 행복한 습관들이 다 자리 잡았는데 말이죠.

나는 딱 잘라 거절했습니다. 그런데 엄마가 눈물을 머금고 이렇게 말하는 거예요.

"언니가 불쌍하잖니. 도쿄에서 얼마나 거친 생활을 하고 있는지 어떻게 알아. 너는 언니가 걱정되지도 않니?"

"전혀."

난 그만 이렇게 대답하고 말았습니다.

"어린애도 아니고, 자기가 원해서 그렇게 사는 거잖아."

솔직히 우리 집은 가난하지는 않아요. 그렇다고 굉장한 부자도 아니지만, 언니가 도무지 어쩔 도리가 없어서 집으로 돌아온다면 아빠는 얼마든지 경제적인 지원을 해줄 거예요.

"부탁이다. 네 언니 벌써 스물여덟이야. 마냥 이대로 결혼도 하지 않고 밤일이나 하면, 동네 사람들이 뭐라고 하겠니."

나는 할 수 없이 그러마 하고 승낙했습니다. 한동안 교지로 오빠를 만날 수 없어 외롭겠지만, 언니 때문에 엄마의 투정을 듣는 것보다는 그나마 낫지요. 교지로 오빠는 나의 어린 시절 소꿉친구로, 같은 동네에 사는 청년입니다. 그는 얼마 전에, 지금 내가 다니고 있는 대학을 졸업하고 선생님이 되었죠. 인상이 아주 좋은 사람이라서, 우리 부모님도 그를 아주 마음에 들어해요. 양가의 부모님도 우리가 머지않아 결혼할 것이라고 여기고 있습니다. 덕분에 나는 정말 마음이 편안해요. 열아홉 살 나이에 남은 인생이란 말을 하기는 좀 쑥스럽지만, 남은 인생이 정해져 있다는 것은 참 좋은 일이죠. 짝을 찾기 위해 아득바득하는 젊은 여성들 공통의 숙명에서 해방된 나는 읽고 싶은 책도 마음껏 읽을 수 있고, 계절의 변화를 즐길 수도 있지요.

"며칠 언니에게 다녀올 거야."

내가 그렇게 말하자, 그가 조금 놀라면서 묻더군요.

"왜? 요리코 누나에게 무슨 일 생겼어?"

"아니. 무슨 일이 생기면 안 되니까, 내게 망을 보라는 거지."

"그렇구나. 요리코 누나, 많이 예뻐졌겠지."

그런 말을 들으니까 좀 화가 나더군요. 그리고 그의 눈빛이 언니를 떠올리듯 어슴푸레해졌습니다. 언니는 어렸을 때부터 남자들의 눈길을 끄는 사람이었죠. 나는 천박하다는 느낌밖에 없었는데, 그 천박스러움이 오히려 남자들의 눈길을 사로잡더라고요.

"실은 가고 싶지 않아. 언니하고 난 성격이 잘 맞지 않으니까. 그 말투하며 행동거지하며. 게다가 담배도 피우지. 아, 짜증나."

그가 웃으면서 나를 꾸짖더군요.

"그런 말 하면 안 되지. 다들 언니를 얼마나 선망했는데. 나도 무지 좋아했고."

"그거, 언제 적 얘기야?"

"중고등학교 시절. 왜 요리코 누나, 대학 다닐 때는 여름 방학에 종종 내려왔었잖아."

"그랬었나."

내가 입술을 삐죽 내밀자, 그가 부드럽게 내 머리를 쓰다듬어주었습니다.

"불꽃놀이 시즌 전에 돌아와야 돼."

나는 고개를 끄덕였습니다. 해마다 툇마루에 앉아 불꽃놀이를 구경하는 게 우리의 습관이니까요.

언니가 사는 아파트를 찾아갔을 때, 언니는 놀라면서도 반갑게 맞아주었습니다. 낮 1시인데 아직도 침대에 있었는지, 하얀 목욕 가운 하나만 걸친 모습이었지요.

"전화 좀 걸고 오면 어때서."

언니가 투덜거리면서 냉장고에서 맥주를 꺼냈습니다.

"대낮부터 술 마셔?"

"여름인데 뭐. 술은 낮에 마셔야 맛있어."

나는 집 안을 죽 돌아보았습니다. 내가 예상했던 것과 달리, 방이 몇 개나 있는 굉장히 큰 아파트였어요. 가구도 아주 고급스러웠고. 호스티스 노릇을 하면서 이런 곳에 살 수 있을까 싶었죠. 나는 좀 수상쩍은 기분으로 언니를 쳐다보았습니다.

오랜만에 보는 언니의 얼굴이 아주 낯설더군요. 조금 피곤한 듯한 표정에 웨이브 진 긴 머리하며 필수품처럼 손가락에 끼고 있는 담배. 약이 오를 정도로 아름다웠습니다.

"엄마 아빠는 잘 계시니?"

"응, 언니 걱정 많이 하더라. 제 몸을 함부로 하는 몹쓸 딸이라면서 말이야. 내 생각도 그렇고. 회사는 왜 그만둔 거야? 일류대학 나와서 일류기업에 취직했는데, 어이가 없다."

언니가 웃으면서 나를 보더군요.

"네가 착한 애라서 다행이다. 그런데 왜 엄마 아빠가 내 걱정을 하는지 모르겠다. 아직 스물여덟밖에 안 됐는데."

"아직이 아니고 벌써야. 보통은 진작 시집가서 애를 두셋은 낳았을 나이라고."

젊다는 게 큰 자랑거리는 아니지만, 나는 역시 젊음이 나이를 먹은 것보다는 낫다고 생각하고 있었죠.

"미안하지만 난 벌써 스물여덟이라고는 생각지 않아. 아직은 내 마음대로 나 하고 싶은 대로 하면서 살고 싶어. 지금의 생활도 마음에 들고."

"아까부터 물어보고 싶었는데, 여기 집세 엄청 비싼 거 아냐? 호스티스라면서 집세 낼 수 있어?"

"설마. 원조를 받고 있지."

"누구에게?"

"전에 다니던 회사의 상사. 그 사람하고 연애를 했거든. 회사는 그래서 그만둔 거고. 지금은 당당하게 만날 수 있으니까 아주 편해진 거지."

나는 어처구니가 없는 표정으로 언니를 빤히 쳐다보았죠.

"그 사람, 유부남이지?"

"응."

"그럼 언니는 정부겠네?"

"세상에서는 그렇게 부르지."

나는 기가 막혀서 말이 나오지 않았습니다. 언니가 불륜이란 걸 하고 있으니 말이죠. 게다가 돈까지 받고 있다니.

"엄마 아빠에게 대체 뭐라고 말을 해."

"말할 필요 없어. 이건 내 개인 사정이니까. 그리고 그 사람, 부인하고 사이 안 좋아. 하기야 내 탓인지도 모르겠지만."

"남의 가정을 파괴하다니! 아 정말! 언니, 어쩌다 그렇게 된 거야, 응?"

"사랑에 빠졌으니까 어쩔 수 없잖아."

언니의 그 태연한 말투에 난 더 기가 막혔습니다. 사랑에 빠지는 정도로, 그렇게 귀찮은 일에 몸담을 수 있는 건가요.

"언제였더라, 참 재미있는 일이 있었지. 부인이 쳐들어와서 말이야, 내 남편하고 이런 짓을 벌이다니 무슨 생각이냐고 생난리를 치는 거야. 그래서 내가 이렇게 말해줬지. 내 애인하고 헤어지지 않다니 무슨 생각이냐고. 울면서 돌아 가더라. 십몇 년을 같이 산 게 무슨 대수라고. 웃기는 얘기 지."

언니는 정말 재미있다는 듯이 웃더군요. 나는 머리가 지 끈거렸습니다. 이런 생활을 하고 있으니, 집에 오고 싶지 않은 게 당연한지도 모르죠.

"너도 왔으니까 오늘은 쉬어야겠다. 그 사람에게 맛있는 거나 사달라고 하고."

"난 싫어. 그런 사람하고 어떻게 밥을 같이 먹어."

"얼마나 멋진 사람인데. 그리고 나를 얼마나 끔찍하게 좋 아하는데. 너도 마음에 들 거야."

그렇게 말하고는 전화를 걸더군요. 나는 어이가 없어서 그냥 눈앞에 있는 크리스털 잔을 만지작거리고 있었습니 다. 아주 비싼 거겠지요. 손톱으로 탁 치니까 맑은 소리가 났습니다. 그 소리를 들으니까 왠지 슬퍼지더군요. 우리 언 니 같은 사람을 불효자식이라고 하는 거겠지. 막연하게 그 런 생각이 들었습니다.

언니의 애인인 다카야마 씨란 사람, 생각보다 젊더군요. 그는 우리를 정말 고급스러운 일식집으로 데리고 갔습니 다. 무질서한 구조가 치밀하게 계산된 분위기를 빚어내는 그런 일식집이었습니다. 그리고 음식 값도 굉장히 비쌀 것 같더군요.

다카야마 씨는 나를 아주 세심하게 배려해주었습니다. 학교에 대해서 묻기도 하고, 해외 출장에서 보고 들은 얘기를 하는 등 무던한 화제로 식사 시간을 이끌어가려는 의욕에 넘쳐 있었죠.

그는 언니와 필요 이상 친근한 모습을 보이지 않는데, 언니는 그렇지 않았습니다. 일부러 버릇없는 말투로 그를 깔아뭉개는 얘기를 하는가 하면 친밀한 사람들끼리만 나눌 수 있는 방종함을 드러내며 자신의 입장을 분명히 했죠.

"이 사람, 나한테 푹 빠져 있다니까."

그렇게 말하면서 언니는 그의 접시에 담긴 갯장어를 젓가락으로 쿡쿡 찔렀습니다. 그는 흐뭇한 표정으로 싱글벙글거리고요. 그는 웃으면 눈가에 잔주름이 잔뜩 생기고, 덕분에 좋은 성품이 더욱 인상 깊게 새겨지는 사람이었지요. 그리고 자세가 아주 좋았는데, 눈가의 주름이 오만스럽게 보이는 그 세련된 태도를 부드럽게 중화시키더군요.

나는 대담하게 물어보았죠.

"저, 우리 언니하고 결혼하겠다는 수작인가요?"

그는 정말 놀랐다는 표정으로 나를 보더니, 이내 웃으면서 이렇게 말했습니다.

"그래요. 난 오래 전부터 언니에게 그 말을 하고 있는데, 언니가 승낙해주지 않는군요."

"그래서 부인하고 이혼하지 않는 건가요?"

"그렇죠. 나는 언니와 결혼할 수 없는데 아내와 헤어질 만큼 용기 있는 사람은 아니니까요."

"분명하게 말하는군요, 저질."

나는 속으로는 분노로 부들부들 떨고 있었지만 내색은 하지 않고 그렇게 말했습니다. 언니는 뭐가 그렇게 재미있는지, 나와 그의 대화를 들으며 마냥 웃었어요.

"언니를 사랑하나요?"

"물론입니다. 세상에 이렇게 멋진 여자는 없지요. 그녀를 다른 남자에게 빼앗기는 상상만 해도, 속이 뒤집어질 정도입니다."

"빼앗긴다는 것은, 언니와 다른 남자의 섹스를 말하는 건가요?"

옆 테이블에 앉은 손님이 나를 힐금 쳐다보더군요. 그는 조금도 당황하지 않고 여전히 미소 지은 얼굴로 내게 대답했습니다.

"그렇습니다. 나는 요리코와 자는 한때를 무척 사랑합니다."

"내가 솜씨가 아주 좋거든."

언니가 그렇게 말하며 다카야마 씨를 지긋이 바라보더군요. 나는 당혹스러움을 내색하지 않으려 자리에서 일어나 화장실로 갔습니다. 그러고는 먹은 것을 다 토해버렸죠. 눈에는 눈물이 고였습니다. 아아, 싫다. 나는 몇 번이나 그렇게 중얼거렸습니다. 저런 여자가 언니라니, 도저히 믿을 수가 없었죠.

식사를 끝내고 다카야마 씨가 나와 언니를 데려다주었습니다. 나는 그가 우리를 데려다만 주고 돌아갈 줄 알았는데, 자고 간다더군요. 언니는 물론 반색했지요. 나는 피곤해서 빈정거릴 기운도 없었습니다. 언니가 깔아준 이부자리에 파고들어가 일찌감치 잠이 들었죠.

한밤중에 문득 눈을 떴습니다. 몇 번이나 몸을 뒤척거리면서 다시 잠을 자려고 했는데, 잠이 잘 오지 않더군요. 할 수 없이 잠을 포기하고, 멍하니 생각에 잠겼습니다. 나와 교지로 오빠와의 관계와 언니와 다카야마 씨의 관계는 전혀 다른 거야. 나는 그렇게 생각했어요. 물론 나는 교지로 오빠와 아직 육체관계를 갖지 않았습니다. 마주 보고 손을 잡고 몇 번 키스를 한 적은 있지만, 그 정도는 성적인 관계라 할 수 없지요. 그런 때면 나는 가슴이 너무 두근거려 숨이 막힐 정도인데, 그건 어디까지나 달콤하고 애틋한 정신적인 것이지 육욕과는 전혀 무관합니다. 교지로 오빠가 보고 싶었습니다.

그때였지요. 이상한 소리가 들렸습니다. 그리고 그 순간 나는 너무 끔찍해서 소름이 좍 돋고 말았습니다. 경험이 없어도 언니와 다카야마 씨가 뭔가를 하고 있는 소리라는 정도는 나도 알 수 있었지요. 그 소리가 언니의 침실에서 흘러나오고 있었습니다. 나는 이불을 뒤집어썼습니다. 그런데 이런 때면 왜 청각이 이렇게 예민해지는 것일까요. 언니가 내는 소리가 한숨소리까지 모두 한데 모여 내 귀로 밀려들어왔습니다. 나는 귀를 막았습니다. 그리고 어렸을 적의 언니를 떠올리면서 울었습니다. 그 시절에는 나도 언니를 무척 좋아했지요. 여름 방학이면 함께 빙수를 먹고 수영장에 가서 놀고, 우리는 사이좋은 자매였습니다.

그러고 보니, 이런 일도 있었네요. 수영장에 갔다 오면서 공원을 지나왔습니다. 언니가 가까운 길로 가자고 해서였죠. 엄마가 늘, 저녁때는 공원에 가지 말라고 했기 때문에 나는 내키지 않았지만, 그래도 언니의 말을 따랐습니다.

수영을 오래 해서 몸이 몹시 나른했다고 기억합니다. 우리는 아이스크림을 먹으면서 걷고 있었어요. 커다란 나무 아래를 지나는데, 한 남자가 갑자기 우리 앞을 가로막고 섰어요. 나는 그 순간, 내 눈을 의심했어요. 남자가 바지를 무릎까지 내리고 있었기 때문이지요. 물론 팬티도 함께 내린 탓에 남자의 하반신이 그대로 드러나 있었습니다. 나는 내가 그때 뭘 보았는지 몰랐어요.

놀란 나와는 대조적으로 언니는 남자를 빤히 쳐다보면서 아이스크림을 핥아 먹고 있었지요. 나는 그런 언니의 모습을 보고는 마음이 든든했습니다. 언니는 얼굴에 희미한 미소까지 띠고 있었으니까요.

그리고 나도 남자가 우리에게 내보인 것이 혐오스러운 것임을 금방 알았습니다. 그것은 남자의 허여멀건 몸 위에서 강렬하게 자기주장을 하고 있었어요. 언니가 옆에 있어 든든했던 것도 한순간, 나는 겁에 질려 언니의 손을 잡아당겼지요. 그 자리에서 빨리 사라져야 한다고 생각했으니까요. 그런데 언니가 내 손을 뿌리치면서 이렇게 말했습니다.

"이 사람, 늘 이러고 있어. 불쌍한 사람이야."

나는 다시 한 번 남자의 몸을 쳐다보았습니다. 하지만 나는 그가 조금도 불쌍한 사람 같지 않았습니다. 그때부터였어요. 내가 언니를 싫어하게 된 게. 세상에는 불쌍한 사람이 아주 많아요. 그런데 왜 그런 짓을 하는 사람이 불쌍하다는 거지요. 언니의 마음이 넓어서일까요. 아니면 친절한 것일까요. 아무튼 나는 언니의 태도가 역겨웠습니다.

침실에서 들리는 소리가 도무지 그치지를 않는군요. 점점 커질 뿐이에요. 두 사람은 내가 옆방에 있다는 것을 까

맑게 잊은 것일까요. 거의 짐승 수준이로군요. 자신을 짐승
으로 추락시키면서까지 내는 그 소리에서 나는 더없는 교
태를 느꼈습니다. 그리고 다카야마 씨의 낮은 목소리가 섞
여 들렸지요. 그는 언니와는 반대로, 자신이 우위에 있다는
식의 속삭임을 끊임없이 언니의 귀에 들려주는 듯했습니
다. 나와 교지로 오빠는 절대 이러지 않겠지요. 우리는 정
신적으로 맺어져 있으니까요.

나는 일어나, 이제 그만 좀 하라고 말하러 갈까 하고도
생각했습니다. 그런데 몸이 움직이지 않았어요. 물론 과민
한 탓이겠지만, 두 사람의 몸이 스치고, 땀을 흘리는 소리
까지 다 들리는 듯했어요. 나는 나 자신에게 열심히 말했습
니다. 곧 집으로 돌아갈 거니까, 참아, 참아. 돌아가면 교지
로 오빠와 감상적인 얘기를 나누면서 불꽃놀이를 구경하고
행복에 젖을 수 있어. 나는 그런 생각만 했습니다. 그러다
나도 모르게 다시 잠이 들었지요.

아침에 일어나 부엌에 가보니, 언니는 벌써 일어나 커피
를 마시고 있었습니다. 다카야마 씨의 모습은 보이지 않았
지요. 아무 일 없었다는 듯 시치미를 떼고 내게 커피를 마
시겠느냐고 묻는 언니를 보고서, 내 안에서 또 분노가 들끓
었습니다. 그런 나를 보더니 언니가 씨익 웃으면서 말하더
군요.

"들렸니? 하긴 어젯밤, 좀 격렬했으니까."

"나, 두 사람 경멸할 거야."

"왜? 너도 교지로하고 결혼하면 섹스할 거잖아."

"언니하고 같다고 생각하지 마. 우린 달라."

언니는 참 이상한 말도 다 있다는 듯이 웃음을 참으면서 나를 보더군요.

"교지로, 좋아하지 않니?"

"좋아하지 물론. 하지만 우리는 서로를 존경하고, 늘 긴장하고 만나. 생각만 해도 눈물이 나올 정도로 애틋하게 사귀고 있다고."

언니는 깔깔 웃었어요.

"눈물이 나올 정도로 좋다는 건, 발정기이기 때문이야. 서로가 서로를 원하니까 애틋한 심정인 거고. 그게 남자하고 여자란 거야. 육체관계가 없으면 더욱 그렇지. 서로를 신뢰하는 관계라는 건, 자보고 나서야 비로소 생기는 거라고."

"아니야."

"아니기는. 너처럼 말하는 여자들, 나 몇 명이나 봤어. 자기들의 연애는 특별하고 고상하다고 생각하는 여자들 말이야. 내 생각에는, 다들 모르니까 그런 소리를 하지 않나 싶다. 가슴이 두근거리는 것은, 무의식적으로 몸이 그 남자를 원하기 때문이야."

나는 울음이 터져 나올 것 같았습니다.

"똑같이 취급하지 마. 난 그런 짐승 같은 짓 절대 안 할 거니까."

"너 정말 뭘 모르는구나. 그 사람과 나는 서로를 신뢰하고 있다고. 사랑에 빠져서 둘이 몰래 몰래 만났을 때는 서로가 몸만 원했다는 것을 비로소 알았다고. 보고 싶고 만나고 싶다고 속으로 외치는 거, 사실은 그 사람하고 자고 싶은 욕망 때문이라는 걸, 지금은 알아."

"그럼 지금은 욕망 때문에 만나는 게 아니란 말이야?"

나는 울먹이면서 물었습니다.

"분명하게 말해서, 지금 난 그를 보면 자고 싶다는 생각 손톱만큼도 안 들어. 그냥 서로의 몸을 껴안고 있으면 아주 편안해. 그건 그를 진짜 신뢰하기 때문이야. 그런데 그런 기분이 섹스로 발전하면 증오스럽다니까. 전에는 그가 만져주면 가장 예민하게 반응했던 부분이, 이제는 가장 심하게 거부 반응을 일으켜."

"다카야마 씨도 그걸 알아?"

"설마, 알게 하면 절대 안 되지. 나는 그의 생리에 맞춰서 섹스를 할 뿐이야. 때로는 내 몸 위에 있는 그를 죽이고 싶을 정도라니까."

"그런데 왜 그런 소리를 내는데?"

언니는 잠시 생각하더니, 중얼거리듯 이렇게 말했습니다.

"배려라고 해야 하나. 그와의 관계를 유지하기 위한."

"그런 게 어떻게 배려가 될 수 있어?"

나는 어이가 없었습니다. 그렇게까지 배려해야 하는 남자와 왜 사귀는 것일까요.

"그렇게 배려하고 싶은 마음을 갖는 게, 남자를 사랑한다는 거야. 그 사람이 보고 싶고 만나고 싶어서 애를 태울 때는 자신을 사랑하는 거야. 자신의 욕망을 달래기 위해서 남자를 생각하는 거지. 만나고 싶은 마음은 똑같아도, 그 사람을 사랑하기 시작하면 달라져. 더 차분해지고, 더 슬퍼지지."

언니가 한숨을 쉬었습니다. 다카야마 씨를 생각하고 있는 걸까요. 나는 교지로 오빠를 생각했습니다. 그가 보고 싶은데, 언니 말대로 그를 원해서일까요. 그런 식으로 생각하고 싶지는 않아요. 하지만 그의 말 한 마디에 내 몸은 다양하게 반응합니다. 떨고 눈물을 머금고 뜨거워지고. 그의 손이 내 몸을 어루만져주었으면 하고 바랄 때도 있어요. 나 자신이 그의 몸을 만지고 싶을 때도 있고요. 그 연장선에 섹스가 기다리고 있을 줄은 정말 몰랐지만요.

"그러고 보니까, 불꽃놀이 할 때 아니니? 교지로하고 보러 갈 거야?"

언니가 정색하고 물었어요.

"아니, 우리 집 마당에서도 잘 보이니까, 둘이서 늘 툇마루에 앉아서 구경해."

"야, 낭만적이다. 옛날에는 우리 둘이서 구경하러 갔었는데. 난 별로 좋아하지는 않지만, 예쁘기는 하지. 허망하기도 하고 금방 사라지니까."

"기억해?"

언니는 웃으면서 고개를 끄덕였습니다.

"엄마하고 아빠에게 안부 전해줘. 다기야마 씨 얘기는 할 필요 없어. 어떻게 될지 모르는 관계니까. 멋진 애인하고 잘 지내고 있다고, 그런 정도로만 얘기해. 아아, 정말 우리 어떻게 될까. 남자와 여자 사이, 정말 성가시다. 서로의 몸에 이끌려 만났는데, 몸에 싫증이 나는 순간 헤어질 수 없는 관계가 되다니. 몸 때문에 헤어질 수 없다는 건 순 거짓말이야. 마음이 맺어졌기 때문에 헤어질 수 없는 거지. 그러니까 몸도 마음도 맺어져서 헤어질 수 없는 건 아주 잠깐이야. 양립하지 않아. 금방 사라져, 마치 불꽃같이. 멋진 순간이지만 말이야."

언니는 담배를 피우면서 말했습니다. 그녀는 아직 자신

은 스물여덟 살이라고 했죠. 앞으로도 그 불꽃 같은 순간을 찾기 위해 연애를 계속할 생각일까요. 아니면 타고 남은 재의 온기가 없어지지 않도록 소중하게 간직하려 할까요. 나는 잘 모르겠습니다. 하지만 그녀가 다카야마 씨를 진심으로 사랑한다는 것은 알 수 있었지요. 사람을 진심으로 좋아하는 여자는 그 사랑의 끝을 보고 마는지도 모르지요. 그리고 그 끝이 오지 않도록 연기를 하는 언니의 심정을 이해할 수 없는 건 아니었어요. 아무튼 언니는 나와는 다른 인간입니다.

며칠이 지나 나는 부모님이 기다리는 집으로 돌아왔습니다. 언니는 건강하게 잘 있고, 마음 내키는 대로 자유롭게 살고 싶어하니까 걱정할 것 없다고 부모님에게 전했습니다. 부모님은 한동안 한탄하고 푸념하더니, 그러다 포기한 것 같았어요. 다카야마 씨에 대해서는 한 마디도 하지 않았습니다. 나 역시 어떻게 될지 모르는 관계라고 생각했기 때문이죠.

언니는 올 여름 끝내 집에 내려오지 않았지만 나는 별 신경 쓰지 않았습니다. 부모님의 잔소리를 듣느니 사랑하는 사람과 지내는 편이 훨씬 나으니까요. 하지만 문득 이런 생각이 들었어요. 내게는 혐오스럽게 보였지만, 언니가 정말 원하는 것은 성적인 관계가 아닐지도 모르겠어요. 연기를 하면서까지 그런 소리를 내서 다카야마 씨를 기쁘게 하려는 언니가 원하는 것은 다른 것이 아닐까 해요. 그리고 그 다른 것이 정말 멋지다는 것을 알기에 그렇게까지 할 수 있지 않나 싶어요.

불꽃놀이를 하는 날 밤, 나는 교지로 오빠와 맺어졌습니다. 아빠와 엄마는 둘이 불꽃놀이를 구경하러 가서 집이 비었지요. 나는 그의 어깨 너머로, 하늘로 솟아오르는 불꽃을 보면서 행복했습니다. 빨강 노랑 갖가지 색의 가루가 마치 우리 둘을 향해 쏟아져 내리는 듯했지요. 첫 경험이었는데도 나는 언니 같은 소리를 냈습니다. 아주 자연스럽게 그런 소리가 나와, 나 자신도 놀랐지요. 동시에 교지로 오빠를 기쁘게 하는 자신의 무의식적인 연기에 어이가 없었지만 한편, 사랑하는 사람과 이런 관계를 맺는 것은 아주 자연스럽고 행복한 일이라는 생각이 들었습니다. 그리고 그런 자신의 기분에 황홀함을 느꼈지요. 내가 나도 모르는 새 눈물을 흘렸나 봐요. 그런 나를 보고 교지로 오빠는 감동에 겨워했지요. 눈물까지 남자를 기쁘게 하는 도구가 될 수 있다니! 정말 신기합니다. 이제 겨우 첫 경험을 치른 내게도 연기를 할 수 있는 재능이 있었다니, 정말 꿈에도 몰랐습니다.

하지만 언니는 이 감동이 머지않아 사라질 것이라고 했

지요. 정말 그럴까요. 그때도 나는 여전히 연기하는 재능을 발휘할 수 있을까요. 잘 모르겠지만, 못할 것 같아요. 나는 또 언니 생각을 했습니다. 어린 시절, 공원에서 하반신을 드러내놓았던 남자를 쳐다보면서 불쌍하다고 한 언니를 말이에요. 그 남자를 불쌍한 사람이라고 했던 언니. 아아, 이런 때 그 끔찍한 사건을 떠올리다니. 불꽃이 하염없이 부드럽게, 우리 머리 위로 쏟아지고 있습니다.

# To be or
## not to be?

사실 나는 그때 어린애가 아니었다. 이미 만년을 맞았으니까.

나는 과거에 만년(晚年)을 맞은 일이 있다. 표현이 좀 묘하지만, 그 몇 달 동안을 뭐라 표현해야 하나 하고 생각하면, 아아 역시 만년이라는 말밖에 없다고 여겨진다. 그때 나는 열 살이었다. 그리고 남은 나날을 어쩌면 좋을지 몰라 안절부절못했다.

여름 방학에 부모님을 따라 이모네 집에 간 것이 시작이었다. 무더운 여름, 나는 몹시 따분했다. 따분함은 늘 내게 많은 것을 가르쳐준다. 나는 시원한 보리차가 담긴 유리컵에 물방울이 방울방울 맺혔다가 주르륵 흘러 떨어지는 모습을 물끄러미 쳐다보곤 했다. 그리고 혹독한 더위에 꼼짝도 하지 않는 공기를 애절하게 생각하면서 매일을 보냈다.

이모네 집은 숲에 둘러싸여 있어 나는 심심하면 숲속을 거 닐었다. 보송하게 가루가 묻어 있는 버섯과 개울물 위로 떼 지어 날아다니는 실잠자리를 만져보곤 했다. 하지만 나는 어린애다운 호기심으로 그런 일들을 즐긴 것은 아니었다. 나는 그저 따분했던 것이다. 엄마는 내가 하고 싶은 대로 하도록 내버려두었다. 엄마는 오랜만에 만난 언니와 수다 를 떠느라 나는 안중에도 없었다. 아빠는 이모부와 바둑판 을 사이에 놓고 마주 앉은 채, 역시 내게는 눈길 한 번 주지 않았다. 여동생은 사촌여동생과 어린애들 장난에 푹 빠져 있었다. 나는 끼어들 틈이 없었다. 나는 모든 이로부터 버 림받았다는 기분을 만끽했나. 나는 때로는 그런 상황을 좋 아했다. 그러니까 나는, 조금은 별난 아이였다.

나는 살아 있는 것의 기운이 그리우면, 이모 집에서 키우 는 개 치로에게 다가갔다. 물론 개와 놀 마음은 없었다. 그 저 그가 꼬리를 흔들고, 쇠사슬에 묶인 채 처마 아래를 어 슬렁어슬렁 오가는 모습을 보기만 했다. 그도 내가 개를 귀 여워하는 인간이 아니라는 것을 알고 있기 때문에 나에게 들러붙어 재롱을 부리지는 않았다. 그는 더위 탓에 늘 혀를 쭉 내밀고 힘겹게 숨을 쉬었다. 치로도 어쩌면 많은 것을 증오하고 있는지도 모르겠다. 나는 보리차를 마실 때면 늘 그를 보았다.

어느 날, 여느 때처럼 치로에게 갔더니 그는 한참 밥을 먹는 중이었다. 돌아보지도 않은 채, 우리가 낮에 먹다 남긴 카레라이스를 열심히 먹고 있었다. 그 광경을 보는 순간, 나는 갑자기 그가 가엾다는 강렬한 느낌이 들었다. 사람이 남긴 카레라이스를 먹어야 하는 개의 신세를 공감한 것이다.

"치로."

나는 그의 이름을 불렀다. 그는 내가 부르는 소리 따위 들리지도 않는다는 듯 쩝쩝거리며 밥을 먹어댔다. 나는 슬리퍼를 신고 마당으로 내려섰다. 그리고 치로에게 가까이 다가갔다. 그는 아직도 내가 가까이 왔다는 것을 모른다.

"치로."

나는 다시 한 번 불렀다. 하지만 그는 얼굴을 들려 하지 않았다. 나는 치로 옆에 쭈그리고 앉아 그의 머리를 쓰다듬었다. 그는 내가 머리를 쓰다듬는데도 오직 카레라이스를 먹는 데에만 정신이 팔려 있었다. 그러다 불쑥 고개를 들고는, 애정이 담긴 내 시선을 마주 보았다. 그 순간 우리 사이에 침묵이 감돌았다. 나는 치로에게 미소를 지으려고 했다. 그도 내게 답하듯 쓱 미소를 짓는 줄 알았는데, 웬걸 순간적으로 내 손을 깨물고 말았다. 나는 놀라서 그 자리에 엉덩방아를 찧고서, 허둥지둥 그의 입에서 손을 빼냈다. 나는 그에게 물릴 수도 있다는 생각은 조금도 하지 않았기 때문에 충격을 받아 엉덩이를 땅에 댄 채 주춤주춤 뒤로 물러났다. 치로는 그런 나를 힐금 쳐다보고는 다시 카레라이스를 먹기 시작했다.

나는 비칠비칠 일어나 물린 손을 누르면서 집 안으로 들어갔다. 조심조심 들여다보니 손바닥에 두 군데 상처가 났고, 피가 배어나오고 있었다. 나는 입술을 깨물고 마당에 있는 치로를 쳐다보았다. 그는 카레라이스를 다 해치우고는 만족스럽다는 듯 하품을 하고 있었다. 나는 물린 상처가 점차 아파오는 것을 느끼면서, 눈물을 머금고 그를 쳐다보았다. 왠지 서글프고 외로운 기분에 휩싸였지만 개를 미워할 수는 없었다. 나는 치로를 위해서라도 이 일은 아무에게도 말하지 말자고 다짐했다. 이 집에서 그의 입장이 곤란해질까봐 두려웠던 것이다.

나는 상처에서 흐르는 피를 씻어내고 사람들 앞에서는 아무 일도 없었다는 듯이 행동했다. 아무도 치로에게 물린 내가 얼마나 충격을 받았는지 알아차리지 못했다. 모두들 내가 평소와 다름없다고 생각했다. 그날 밤, 저녁을 먹기 전까지는.

엄마와 이모가 저녁 준비를 하는 동안, 나와 동생들은 만화영화를 보고 있었다. 소년 닌자가 어떤 소중한 사람을 찾아내기 위해 대항하는 적들을 쓰러뜨리면서 여행하는 줄거리였다. 우리는 저녁을 먹기 전에 늘 그 만화영화를 보았다.

그날, 소년 닌자는 개에게 물렸다. 놀란 나는 텔레비전에서 눈을 떼지 못했다. 반년쯤 닌자는 아무 탈 없이 여행을 계속한다. 그러다가 갑자기 기이한 행동을 하게 된다. 강물에 얼굴을 처박고 물을 벌컥벌컥 마시고, 네 발로 기어 돌아다니고, 오한과 고열에 시달리면서 미쳐간다. 그런 닌자의 모습을 내레이터가 나직한 목소리로 설명한다. 그는 6개월의 잠복 기간을 거쳐 병세가 나타난 광견병으로 죽어간다.

"개에게 물리면 광견병에 걸린대!"

동생이 외쳤다. 나는 온 얼굴의 피가 아래로 쑥 쏠리는 기분을 느꼈다. 그리고 나도 모르게 치로에게 물린 손을 테이블 밑으로 숨겼다.

"엄마, 개에게 물리면 광견병에 걸려서 죽는대!"

동생이 부엌에 있는 엄마를 향해 또 소리를 질렀다. 나는 그 순간, 동생의 머리채를 확 낚아채며 고함을 질렀다.

"야! 너! 시끄럿!"

동생이 울음을 터뜨렸다. 하지만 정작 울고 싶은 사람은 나였다. 부엌에서 엄마가 뛰어나왔다.

"왜들 그래?"

"언니가 머리 잡아당겼어."

"애는, 언니가 돼서 그게 무슨 짓이니!"

나는 참을 수가 없어서 눈물을 뚝뚝 흘렸다. 엄마와 동생이 놀란 듯 나를 쳐다보았다. 나는 사람들 앞에서는 울지 않는 아이였다.

"울 일이 아니잖아."

당황한 엄마가 나를 달래려 했다. 하지만 이미 멈춰지지 않았다. 나는 소리 하나 내지 않고 눈물만 주룩주룩 흘렸다. 그것은 어린애의 울음이 아니었다. 비가 추적추적 내리듯, 정말 슬플 때 우는 울음이었다. 사실 나는 그때 어린애가 아니었다. 이미 만년을 맞았으니까.

그날부터 내 일상은 변했다. 6개월 후에 죽음을 맞을 인간으로서, 지금 뭘 해야 하는지 생각해야 했다. 나는 늘 혼자서 멍하니 고뇌에 잠겨 있었다. 그러고 있는 동안에도 죽음이 시시각각 다가오고 있다고 생각하면 식은땀이 흐를 정도였다. 이제 곧 발광의 조짐이 보일 것이다. 그런 생각이 들면 어쩔 줄을 몰랐다. 동시에 치로가 내게 광견병을 옮길 리 없다고 스스로를 안심시키려 애썼다. 하지만 이 무더운 여름에 카레라이스를 먹는 개를 떠올리기만 해도 광견병 균이 내 몸에 둥지를 틀고 있는 듯한 기분이 들었다.

나를 마주 보았을 때의 치로의 표정을 생각하면 병균을 옮긴다 한들 어쩔 수 없는 일일듯 했다.

"엄마, 내가 죽으면 어떻게 할 거야?"

나는 간혹 그런 질문으로 엄마를 두려움에 빠뜨렸다.

"얘는, 죽는다는 그런 말은 절대 하는 거 아니야. 말이 씨가 된다는 말도 있잖아."

엄마의 말에 나는 아무 대꾸도 하지 않고 고개만 저었다. 엄마는 아무것도 모른다. 나는 엄마가 불쌍했다.

그 다음엔 동생에게 물었다.

"있지, 너, 언니가 죽으면 어떻게 할 건데?"

"그럼, 작년 생일 때 아빠가 사다준 곰인형 나 줘."

나는 고개를 푹 숙이고 내 방으로 돌아가 고독한 마음에 엉엉 울었다.

또 그 다음에는 아빠에게 물었다.

"아빠, 내가 죽으면 아빤 슬퍼할 거야?"

아빠는 껄껄 웃었다.

"삶과 죽음에 대해서 생각하고 있구나. 야, 과연 아빠 딸이네. 그 나이에 벌써 철학이라. 야, 하하하하, 놀랍다, 놀라워."

철학 운운하자는 게 아니었다. 나는 죽어가고 있다. 어쩌면 광견병에 걸렸을지도 모른다. 다가오는 죽음에 대해 생각하다 보니, 그 불안은 내가 광견병에 걸렸다는 확신으로 변해갔다. 나는 6개월 후면 죽는다. 그 사실만이 내 머릿속을 마구 휘젓고 다녔다.

나는 우울한 기분에 젖어 변하는 계절을 느꼈다. 죽음을 의식하면서 내 주위에서 꿈틀거리는 형태가 분명하지 않은 것, 가령 계절이나 시간 같은 것들이 갑자기 모습을 드러내기 시작했다. 그것들은 색과 의지를 지니고 나를 향해 걸어오기 시작했다. 그리고 주변 사람들, 주로 가족들이 내 주위에 만들어내는 감정의 모자이크가 마치 나무토막처럼 겹겹이 쌓여 있다는 것도 알았다. 나에 대한 그들의 감정에는 전혀 빈틈이 없었다. 나에 내한 엄마의 생각을 손으로 집어 잠시나마 공기 중에서 꺼내 놓으면 그 공백을 아빠와 동생의 감정 덩어리가 보충하고 메우는 식이었다.

나는 가족이 서로를 사랑하는 데에는 진공상태가 존재하지 않는다는 것을 처음 알았다. 내 주위는 타자의 농밀한 사랑으로 꽉 차 있었다. 그리고 행복한 사람은 그런 것을 깨닫지 못하고, 그렇기에 더욱 행복할 수 있다는 것도 알았다. 행복은 원래가 자각이 없는 곳에 존재하는 것이다. 나는 아빠와 엄마와 동생을 보면서, 그 점을 뼈에 사무치도록 느꼈다. 그런 사람들 가운데 나 혼자서 불안을 짊어졌다. 자신이 사랑에 감싸여 있다는 것을 자각한 아이만큼 불행한 존재가 있을까. 나는 눈 속의 눈물샘을 바짝 조이고 일상에서 눈물을 흘리지 않기 위해 전력을 기울였다. 울면 그들의 관심을 더 끌게 되고, 내가 그들이 빚어내는 공기의 균형을 이루고 있다는 것을 새삼 되새기게 된다. 나는 최대한 사람들에게 충격을 주지 않고 죽을 수 있기를 진심으로 바랐다. 아무 일 없이 하루하루가 흘러가고, 아무도 모르게 나만 그들에게서 누락되고, 내 죽음 따위는 눈치 채지 못할 정도로 우리 가족이 행복하기를. 나는 그러기를 바랐다.

아무튼 발광하는 사태를 피해야 했다. 나는 믿는 종교가 없었다. 어떻게 하면 좋을지 이런저런 생각을 하면서 나는 가을이 깊어가는 등굣길을 걸었다.

가을은 어느 틈에 냄새까지 풍기고 있었다. 오렌지색 부드러운 햇살이 내 눈동자는 물론 코까지 자극해 견딜 수가 없었다. 낙엽을 밟으면서 나는 마음속으로 외쳤다. 알았으니까, 네가 내 바로 옆에 있다는 거, 잘 알았으니까. 나는 가을에게 그렇게 말하고, 철부지 애인을 달래듯 살며시 숨을 불어주고 꼭 껴안아주었다. 나는 그때 남자를 사랑한다는 말조차 몰랐지만, 아무튼 그런 식으로 가을을 사랑해주었다.

교실에서 나는 한 가지 사실을 알고 아연해졌다. 교실 안에서 그때까지 나는 좀 유별나기는 해도 조숙하고 깜찍한 아이로 통하고 있었다. 그리고 나는 그런 나 자신의 위치에 만족하고 있었다. 왜냐하면 일찌감치 그런 위치에 오른 나만이 자신의 의지로 누구는 싫고 누구는 좋다는 말을 할 수 있었기 때문이다. 요컨대 나는 다른 아이들처럼 타인의 안색을 살피는 고통에서 이미 해방되어 있었다.

나는 그때까지 많은 아이들을 세뇌했던 것 같다. 저 아이는 싫다. 나는 마음에 들지 않는 아이를 보면, 그렇게 오만하게 선언했다. 그 말을 들은 몇몇 아이들은 내 말을 따라 내가 가리킨 아이를 이유도 없이 미워했다. 나는 내게는 아무런 책임이 없다고 믿었다. 나는 내 손으로는 절대 사람을 괴롭히는 어리석은 짓은 하지 않았으니까.

그런 식으로 우리 반에서 가치를 잃어버린 아이가 몇 명 있었다. 하지만 나는 만년을 맞은 후로, 그런 아이들에 대한 죄책감에 시달리게 되었다. 나는 자신이 한 짓의 가혹함을 깨닫고 안절부절못했다. 나는 이미 알아가고 있었다. 내가 그들을 배제하기 위해 다른 아이들의 행동을 조장한 까닭은 두려움 때문이었다는 것을. 내가 싫다고 지적한 아이는 모두 어떤 면에서는 나와 비슷했다. 나처럼 약삭빠른 지혜만 있다면 누구든 내 위치에 오를 수 있었다. 하지만 그들은 그러지 않았다. 왜냐하면 그들은 그것이 폼나는 일이 아니라는 것을 알고 있었으니까. 또는 내가 사용하는 노력이 전혀 수지가 맞지 않는다는 것을 알고 있었기 때문이다. 내가 사용하는 노력. 그것은 바로 자의식이었다.

나는 가을 햇살에 사랑을 고백하고, 그리고 그들을 생각하고, 자신을 부끄러워하고, 죽음과 발광의 공포에 떨고, 가족에 대한 사랑을 곱씹는, 지금까지 경험한 적 없는 일들로 하루하루를 보냈다. 나는 마음을 사용하느라 분주했다.

분주함이 익숙하지 않은 나는 때로 이유 없이, 방과 후의 교실을 서성거렸다. 마음을 가라앉히려 했는지도 모른다. 도서실에서는 대출 신청도 하지 않고 책을 가방에 넣었다. 그러니까 훔친 것이다. 음악실에서는 멋대로 피아노 뚜껑을 열고, 하얀 건반을 물감으로 칠했다. 그러니까 못된 짓을 한 것이다. 남자 화장실에서는 서서 오줌을 누는 새로운 방법에 도전했다. 그 결과, 변기를 더럽히기만 했다. 나는 한동안 온갖 짓거리, 그때까지 해본 적 없는 미지의 행동에 도전했다. 하지만 오래가지는 않았다. 조회시간에 원인불명의 참사가 도마에 올랐기 때문이다. 나는 물론 마음속으로 사과했다. 하지만 어쩔 수 없다. 나는 만년을 맞아 궤도를 벗어났으니까.

나는 이제 마지막이라고 생각하고 어느 날 저녁 과학 준비실로 숨어들었다. 그곳에는 수업에 사용하는 온갖 돌이 있었다. 석회암, 응회암, 운모에 수정까지 수많은 돌들이 아무렇게나 나뒹구는 상자가 선반에서 숨을 죽이고 있었다.

나는 감격한 나머지 가슴이 아팠다. 마치 심장이 식초를 맛본 혀처럼 쭉 움츠러드는 것을 느꼈다. 나는 돌에 에워싸여 모든 것을 용서하고 있는 자신을 깨달았다.

석회암에는 먼 옛날에 살았던 다양한 생물들이 짓눌려 있다. 나는 오랜 세월을 건너 현재로 옮겨진 흔적으로 겹겹이 층을 이룬 아주 조그만 석회암을 손바닥 위에 올려놓았다.

저녁 햇살 속에서 반짝반짝 빛나는 운모 한 겹을 조심스럽게 벗겨냈다. 그런데 한 겹으로 보였던 그것은 날개처럼 얇은 운모가 몇 겹이나 겹쳐진 것이었다. 나는 하찮게 보이지만 역사를 짊어진 그 돌을 꼭 쥐었다. 아, 귀여운 녀석. 나는 내 뒤로 막연하게 퍼지는 무언가를 힘껏 껴안아 기쁘게 해주고 싶은 충동을 느꼈다.

그리고 상자에서 갖가지 돌을 꺼내 차례로 바닥에 늘어놓았다. 마그마 조각도 있었다. 이름 모를 은색 가루가 묻어 있는 귀한 돌도 있었다. 각진 얼음사탕처럼 고귀한 수정의 모습에 흥분해서 하마터면 입에 넣을 뻔했다. 돌은 모두, 죽어 있었다. 그리고 나는 그것들을 사랑했다. 온 마음으로.

나는 가방 속에 그것들을 조심조심 집어넣었다. 잠든 아이를 다루듯 살며시, 가방 깊숙이 그것들을 넣었다. 그리고 시침 뗀 표정으로 과학 준비실에서 나왔다. 가방은 축 늘어질 정도로 무거웠지만 내 마음은 한껏 들떠 있었다.

나는 집으로 걸어가면서, 또 한 가지 일을 하기로 마음먹었다. 거의 결심에 가까웠다. 아니, 나의 내면에서는 거의 필연이라 할 것이었다.

나는 집 근처 모퉁이에 와서도 집 방향으로 돌지 않고 그냥 지나쳤다. 갈 곳은 정해져 있었다. 가는 도중에, 내가 전에 그 아이가 싫다고 교실에 있는 모두에게 선언했던 남자아이와 스쳤다. 그는 겁을 먹은 듯 슬쩍 나를 보았다. 나는 내가 더 이상 그에게 악의를 품고 있지 않다는 것을 알리기 위해 그에게 웃어 보였다.

"안녕."

그는 이상하다는 표정으로 내 행동을 살폈다. 나는 그 자리에 멈춰 서서, 그에게 전할 말을 했다.

"나, 이제 너 싫어하지 않아."

"무슨 소리 하는 거야."

"이 말은 꼭 해야지. 나에게 화내지 마. 아름다운 추억으로 간직해줘."

"되게 이상하네."

"나를 좋아해줘. 나도 너를 좋아하니까."

나는 어리둥절해하는 그를 남겨놓고 그 자리를 떠나려 했다. 그가 허둥대며 내게 말을 걸었다.

"어디 가는 거야?"

나는 고개를 돌리고 말없이 미소만 짓고는 다시 걸어가기 시작했다. 뒤에서 그가 외치는 소리가 들렸다.

"야! 그쪽은 묘지잖아!"

해가 기울어 어둠이 발치로 밀려오면서 내 그림자를 점점 깎아내는 기분이 들었다. 내 볼을 물들이는 엷은 보랏빛 공기의 느낌이 상쾌했다. 요즘 부는 바람은 늘 붓처럼 내 몸 여기저기를 어루만신다.

나는 묘지 입구에 섰다. 개를 데리고 산책하는 사람들이 몇 명 있어 조금은 안심했다. 그 묘지에는 해묵은 나무 십자가가 줄줄이 서 있었다. 일본식 묘가 하나도 없어서 유령 걱정은 하지 않아도 되니 다행스러웠다. 낯선 묘지에는 선입견이 없기 때문이다. 나는 오로지 죽은 사람들이 잠들어 있는 장소이기 때문에 이 묘지를 선택한 것이었다.

나는 우선 무덤 앞에 무릎을 꿇었다. 그리고 두 손을 모으고 기도하는 자세를 취했다. 뭘 기원하면 좋을지 몰랐지만 아무튼 죽은 자들에게 경의를 표했다.

잠시 후, 나는 가방에서 과학 준비실에서 가져온 돌을 차례로 꺼내 십자가 앞에 늘어놓았다. 그리고 또 잠시, 그 돌을 어루만지고 내 키보다 높은 십자가를 올려다보며 시간을 보냈다. 나는 돌과 무덤에 친근감을 느꼈다. 이곳에 있는 무수한 죽은 사람들. 나도 언젠가 이들 사이에 낀다. 그런 생각을 했더니, 시간이 멈춰버린 듯한 느낌에 나도 모르게 사방을 돌아보았다. 여느 때와 다름없이 떠다니는 공기가 내 몸을 빈틈없이 감싸고 있었다. 하지만 그 공기에서는 집에 있을 때처럼 애틋함을 느낄 수 없었다. 나는 눈도 깜박이지 않고 그 자리에 쭈그리고 앉아 허공을 노려보았다. 나는 따스하고 푸근한 것에 싸여, 손 하나 까딱할 필요조차 없고 아무런 필연도 없는 쾌락에 몸을 맡겼다. 걱정하고 겁내고 슬퍼할 필요가 없는. 다만 자신이 그 자리에 존재한다는 실감 외에는 모든 것을 잃은 채 그곳에 있었다. 나는 지금 혹시, 죽은 것일까. 그런 생각을 했다.

내게는 사랑하는 사람들이 있다는 생각도 나지 않았다. 조르륵 놓여 있는 돌처럼 나는 나를 둘러싸고 있는 모든 것을 잊었다. 나는 살아 있다. 하지만 지금의 나는 죽음과 아주 비슷한 상태에 있다. 나는 그렇게 생각했다. 그리고 그런 상태가 고독을 환기시키지 않는다는 것에 약간 놀랐다. 내가 그렸던 죽음은 뒤에 남은 사람들에게 남기고 온 자신에 얽힌 기억이, 남겨진 모든 사람을 슬프게 하는 그런 난

감한 것이었다. 그래서 굳이 각오를 하고 만년을 맞을 준비를 해왔는데, 이 평온함이란.

나는 정말 어이가 없었다. 이건 순전히 내가 아직 이 세상에 태어나지 않은 것 같다. 엄마의 뱃속에서 그저 존재하고만 있었던 그 시절과 비슷하지 않은가. 감정이랄 것도 없고, 그저 존엄성만 부여된 오만한 생명체. 죽음이란, 그런 것일까. 그렇다면 나는 엄마 몸에서 태어나기 전, 이 세상에 나타나기 직전까지는 죽어 있었던 것일까. 말도 안 된다. 나는 태어나기 전에는 죽어 있었다. 그 사실에 다다른 나는 아연실색했다. 만년 운운할 때가 아니다. 만년은커녕, 그 논리로 하자면 엄마 뱃속에 있었던 10개월, 아니 그 이전 또한 나의 만년인 셈이다. 그렇다면 인간은 몇 번이나 만년을 되풀이한다는 말인가.

"아가야, 어서 집에 가야지. 엄마가 걱정하시겠다."

정신을 차리자, 개와 함께 산책하고 있던 노인이 걱정스러운 표정으로 나를 보고 있었다.

"기특하구나. 성묘하러 온 거니?"

"아, 네."

"누구의 산소냐?"

아무렴, 내 산소라는 말은 할 수 없다.

나는 애매하게 웃고는 눈앞에 있는 돌들을 주워 모아 다시 가방에 집어넣었다. 그리고 노인에게 인사를 하고는 종종걸음으로 묘지를 뒤로하고 집으로 향했다.

나는 결심했다. 그것도 아주 밝은 기분으로. 자신의 이 심경의 변화가 반가웠다. 현관문을 열자 저녁을 짓는 따끈한 김에 시야가 부옇게 흐려졌다.

"뭐하다가 이렇게 늦었니? 말도 없이 딴짓하고 오면 안 되지."

엄마가 느긋하게 말했다.

"엄마, 내 얘기 좀 들어봐. 나 치로에게 물렸었다."

"어머, 그랬어?"

"어머 그랬어가 뭐야. 하지만 나, 괜찮아."

"뭐가 괜찮다는 거야. 아빠에게 맥주나 좀 갖다드려라, 어서."

"광견병 같은 거, 하나도 안 무서워."

"당연하지. 집에서 키우는 갠데."

"뭐?"

나는 믿을 수 없다는 듯 엄마를 빤히 쳐다보았다.

"집에서 키우는 개는 물려도 광견병 안 걸려?"

"그럼. 예방주사 다 맞히니까."

나는 어질어질해서 쓰러질 것 같았다. 지금까지의 마음 고생이 물거품이 된 셈이다. 나는 엄마에게 만년을 특별하게 여길 필요가 없다는 설명을 하고 싶어 의기양양하게 묘지에서 돌아왔는데. 나는 온몸에서 힘이 빠져나가는 것을 느꼈다.

그러고서 며칠 동안, 나는 맥없이 하루하루를 보냈다. 앞뒤가 맞지 않는 인생을 한없이 증오한, 뒤틀린 나날이었다. 그러다 그렇게 시간만 보내는 것이 한심하게 느껴져, 밝은 마음으로 학교생활을 하기로 결심했다.

나는 때로 그 시절의 만년을 되새기지 않을 수 없다. 가끔 책상 서랍에 간직한 돌을 몰래 꺼내 바라보면서, 죽음에 대해 생각하곤 했다. 하지만 알게 모르게 돌들은 하나 둘 사라졌다. 그리고 아깝다는 생각도 들지 않을 즈음 나의 만년도 어디론가 사라지고 없었다.

# 작가 후기

　어린 시절에 전근하는 아버지를 따라 지방 도시를 몇 군데나 옮겨 다니면서 살았다. 나는 그 한 도시 한 도시의 모습을 선명하게 기억하고 있다. 어린애가 지방의 특산물과 관광 명소에 관심을 가질 리는 없으니까, 내 기억의 바탕은 늘 변화하는 계절의 모습이다. 자연은 내게 많은 것을 가르쳐주었다. 작가가 되기 위한 거름으로 무엇이 도움이 되었느냐고 묻는다면 나는 어린 시절에 자연과 무심하게 놀았던 일이라고 대답할 것이다.

　특히 기억에 남아 있는 것은 시즈오카 현의 이와타 시에 살았던 몇 년간이다. 나는 그곳에서 만난 모든 것, 아무리 사소한 것이라도 평생 잊지 못할 것이다. 자연도 인간관계도 시간의 흐름도 모두 내 앞에서 두 팔을 활짝 벌리고 있었다. 나는 어린 머리로 막연하지만, 다양한 의미에서 앞으로 살아갈 세상은 굉장할 것이라고 느꼈다. 시절은 바야흐로 호경기, 아버지의 회사 주위에는 장미 넝쿨이 무성했고,

밤의 분수에는 알록달록한 불빛이 반짝였다. 나는 소위 도시의 아이였다. 하지만 학교에 다니면서, 도시가 편협한 세계라는 것을 배웠다.

학교까지 가는 먼 길, 나는 본 적 없는 많은 것들을 보았다. 멜론을 키우는 비닐하우스, 담배밭, 한이 없는 연꽃의 무리, 향기로운 녹차밭, 묘지로 향하는 장례 행렬, 죽 늘어선 전신주 등. 그리고 거기에 모여 사는 사람들. 자연의 종류와 인간의 다양한 모습이 너무도 인상적이었다. 마음 아파하는 것, 기쁨을 나누는 것, 예기치 못한 체험을 하는 것들 모두를 나는 그 시절에 알았다.

이 단편집은 그 시절, 내 미숙한 마음에 각인된 인상으로 만든 것이다. 그때 본의 아니게 터득한, 자신을 아주 조그맣게 여기는 방법은 원고지를 앞에 한 내 마음속에 지금도 살아 숨쉰다. 펜과 종이 앞에서 갖가지 향수에 몸을 맡기면, 내 보물창고의 서랍이 몇 개나 스르륵 열린다. 희망, 절망, 후회 등의 기억. 계절에 따라 다른 공기가 피어오르면서 내 마음을 애틋하게 한다. 이 작품집이 그 감정의 떨림을 조금이나마 담고 있다면, 기쁜 일이겠다.

하나하나 단편을 완성하는 과정에서 담당 편집자인 나카지마 씨와 모리야마 씨에게 큰 도움을 받았다. 진심으로 감사한다. 그리고 이 책을 만들어주신 출판부의 가와바타 씨, 멋진 표지를 만들어주신 야마모토 요코 씨. 감사합니다.

야마다 에이미

# 해설

글머리부터 타인의 글을 인용해서 미안하지만, 무언가가 충분히 녹아 있는 좋은 문장이니까, 숙독해주었으면 한다.

따라서 여름철에는 무서운 이야기를 즐기게 된다. 그리고 여름은 아이들에게 '통과의례'의 기회를 선사한다. 여름 방학에는 고대로부터 내려온 통과의례의 감각이 지금도 다소 남아 있는 듯하다. 고대의 아이들은 통과의례를 치를 때, 일상의 시간을 떠나 자연을 피부로 접하면서 자연과 함께 먹고 잔다. 어머니 곁을 떠나 어머니보다 더욱 위대한 자연이란 어머니를 접하면서, 그곳에서 생명과 성에 얽힌 자연의 비밀을 배우고 인간이 사는 세상을 상대적으로 볼 수 있는 어른의 시점을 터득한다.

이 세상에는 겉으로 드러난 부분과 보이지 않고 가려져 있는 부분이 혼재한다. 여름 방학에서 능숙하게 '은퇴'한 사람들은 세상의 가려져 있는 부분의 풍요로움을 알 수 있다.

『리얼이라는 것』 나카자와 신이치

야마다 에이미의 단편 소설집 『소녀가 잃어버린 여덟 가지』를 읽고 나는 나카자와 신이치의 책에 나온 이 구절을 가장 먼저 떠올렸다. 이 단편집은 여름, 그것도 여름 방학의 이미지로 가득하다. 여름이란 계절 속에서 주인공 소녀는 무언가를 발견하고, 그리고 또 무언가를 잃고 무언가를 감지한다. 어른이 되고 나면 까맣게 잊어버릴 그 무엇. 타인에게는 아주 하찮은, 그러나 개인에게는 결정적인 마음속의 대사건.

그렇다. 어른이 되어 가족이나 친구들과 어린 시절의 추억담을 오순도순 재미있게 나누며 깔깔거리고 웃다가, 불현듯 마음의 버팀목이 뚝 부러진 것처럼 갑자기 울고 싶어질 때가 있다. 대수로운 일도 아니고 아주 사소한 기억인데, 다섯 살 혹은 열 살 때의 자신의 마음이 폭발한 화산의 용암처럼 터져나와, 자신도 어떻게 수습할 수 없어 웃다 우는 상태가 되곤 한다.

나를 비롯한 많은 사람들은 '바보처럼'이라며 자신을 비웃고 그대로 끝내버릴 테지만 작가는 그 자리에 머물러 집요하게 천착한다. 야마다 에이미 역시 그 자리에 머물러, 그 웃다 우는 상태의 핵심을 언어로 정착시킨다.

여름 방학에서 능숙하게 '은퇴'한 사람들은 세상의 가려져 있는 부분의 풍요로움을 알 수 있다.

그렇다면 작가(폭넓게는 예술가)란 어린 시절에 발견한 것, 잃어버린 것, 감지한 것을 절대 잊지 않으며, 어른이 된 지금도 그것을 고스란히 꺼내 보일 수 있는 능력을 가진 사람들이 아닌가. 「To be or not to be?」「바다로 가는 길」
두 편을 읽다 보면, 그 점을 절감할 수 있다.

향수를 주제로 한 소설은 자칫 자폐적이고 거드름을 피
우는 경향 – 읽는 이로서는 '제멋에 겨워 있군' 이라고 빈
정거리고 싶은 – 에 빠질 수도 있다. 그 점을 우려해서인가
아니면 일종의 쑥스러움 때문인가, 대화 부분은 거의 일상
적인 표현을 사용했고 심리 묘사에서도 소녀 만화적인 과
장과 수식이 엿보인다. 때로 그 점이 달콤해지는 위태로움
을 보이면서도 특유의 요염함을 성공적으로 빚어내고 있
다.

이 단편집 가운데 다소 이질적이지만 「불꽃놀이를 즐기
는 색다른 방식」이 흥미롭다.

'입니다' 체의 다소 고풍스러운 문체에 화자는 결벽하고
정신주의를 지향하는 여자인데, 담겨 있는 테마는 매우 복
잡하고 미묘하다. 다니던 회사의 상사와 불륜 관계에 있는

언니는 어린 시절에 공원에서 치한을 보고 엷은 미소를 띠고는 "이 사람, 늘 이러고 있어. 불쌍한 사람이야"라고 말한다. 그리고 애인과 침대에 함께 있을 때는 짐승처럼 교성을 지르면서 동생에게는 이렇게 말한다.

"그렇게 배려하고 싶은 마음을 갖는 게, 남자를 사랑한다는 거야. 그 사람이 보고 싶고 만나고 싶어서 애를 태울 때는 자신을 사랑하는 거야. 자신의 욕망을 달래기 위해서 남자를 생각하는 거지. 만나고 싶은 마음은 똑같아도, 그 사람을 사랑하기 시작하면 달라져. 더 차분해지고, 더 슬퍼지지."

동생은 불꽃놀이를 하는 밤에 애인과 처음 관계를 갖고 행복에 취해 문득 생각한다.

'언니는 이 감동이 머지않아 사라질 것이라고 했지요. 정말 그럴까요.'

몸으로 사랑을 나눈, 말하자면 육욕의 고귀함을 안 인간이 어쩔 수 없이 보게 되는 것. 야마다 에이미는 그것을 동생을 통해 이렇게 말한다.

'사람을 진심으로 좋아하는 여자는 그 사랑의 끝을 보고 마는지도 모르지요. 그리고 그 끝이 오지 않도록 연기를 하는 언니의 심정을 이해할 수 없는 건 아니었어요.'

성과 사랑, 그 둘은 서로 뒤얽혀 융합되어 있으면서도 때로는 서로를 배반한다. 성이 사랑에 굴복하는 지점이 있을까. 그리고 그 굴복은 연인들에게 행일까 불행일까. 야마다 에이미는 연애의 역설의 궁극을 파헤치고 있다.

그런 의미에서 「불꽃놀이를 즐기는 색다른 방식」은 자꾸 마음에 걸리는 작품이었다.

나카노 미도리

# 역 자 후 기

올 여름은 비가 참 자주 오네요. 장대비가 파워풀하게 좍좍 쏟아집니다. 그러다 뚝 그쳤나 싶으면 태양이 쨍쨍하고 매미 울음소리가 쏟아지고요. 비에 갇혀 마음마저 눅눅할 때면 시간이 뒤로 흐르는 것 같아요. 부엌 창문으로 비 내리는 숲을 바라보면 떨어지는 낙숫물 소리에 퍼뜩 잠이 깨던 어린 시절이 생각나고 말이죠. 허허벌판 같았던 모래밭에서 엉덩이를 깔고 앉아 해가 지도록 모래와 씨름했던 흑백사진 속의 광경까지 떠오릅니다.

어린 시절 기억의 배경이 주로 여름인 것은 그만큼 강렬한 계절이기 때문일까요?

여름을 누구보다 사랑하는 작가 야마다 에이미의 여덟 가지 이야기를 선보입니다. 폭발하는 에너지의 계절, 여름 속에서 성장하는 소녀들의 이야기예요.

그때는 하룻밤 자고 나면 팽창하는 세포 소리가 몸속에

서 들려오는 듯하죠. 더불어 자의식과 감수성 역시 금방이라도 터질 듯 부풀고요. 반짝반짝 날이 선 칼날처럼 예민한 감각이 눈에 보이는 온갖 사물을 헤집고 다닙니다.

그러다 자의식에 위반되는 것을 만나면 때로 현실을 왜곡하면서 허상을 만들어내기도 하지요. 그리고 그 허상에 매몰되어 슬퍼하고 외로워하면서 죽음까지 생각합니다.

하지만 하루가 다르게 팽창하는 세포의 힘이, 또는 현실이 너무도 강력해서 허상을 어이없이, 아주 손쉽게 깨뜨려버리지요.

무너진 허상 앞에서 어깨를 축 늘어뜨리고 아연해하는 소녀들의 모습.그것은 바로 어른으로 성큼 다가서기 위해 한 껍질 벗는 그녀들의 모습이랍니다.

이따금 어린 시절의 친구를 만났다가, 내가 기억하는 나와 그녀들이 기억하는 나 사이에 한참이나 거리가 있어 놀라곤 합니다. 나 역시 자의식으로 똘똘 뭉쳐진 내면과 그것을 보호하기 위한 허상을 방어막처럼 온몸에 거느리고 한때를 지났나 봅니다.

2007년 　매미 울음소리 가득한 한여름
김난주

# 소녀가 잃어버린 여덟 가지 <small>(원제 : 晩年の子供)</small>

1판 1쇄 인쇄 2007년 8월 25일
　　　　발행 2007년 9월  5일

지 은 이　야마다 에이미
옮 긴 이　김난주
기획진행　주정업, 김혜수
책임편집　김동근, 최지영
디 자 인　강민정
일러스트　이호석
마 케 팅　박훈, 박성진, 유연주
발 행 인　주정관
발 행 처　북스토리
주　　　소　서울 마포구 서교동 465-19 진희빌딩 102호
대표전화　332-5281
팩시밀리　332-5283
출판등록　1999년 8월 18일 (제22-1610호)

홈페이지　www.book-story.com
이 메 일　bookstory@naver.com

ISBN 978-89-89675-80-8  03830